千寻 与世界相遇

千寻
Neverend

总策划	杨旭恒
选题策划	千寻 Neverend
项目编辑	王小花
装帧设计	木
内文排版	史明明
责任印制	盛 杰
营销编辑	火 包

那一年

西夏 著

云南出版集团 晨光出版社

当一个人不能拥有的时候,他唯一能做的便是不要忘记。
　　　　——普鲁斯特《追忆似水年华》

这本书献给我的故乡,它卑微也广大;
也献给我的外婆,失去了你,我才真正长大。
感谢出现在这本书里所有的孩子们,
你们的笑声是西瓜味的,
你们的眼泪和雨滴一样珍贵。

小米两岁多的时候，我带他回到南方老家。

那是湘西的一座小城，四面环山，中间是一片谷地，河流穿城而过。每年春夏之交，河水暴涨，浊浪翻腾着逼近堤岸，带来一种紧张的气氛。小城生活总是沉闷乏味的，街道很小，四周都是山，生活一成不变得让人喘不过气来。

我长到足够大的时候，就背上包离开了家乡。我走了很远，到过很多地方，那些闪耀在世界地图上的城市、岛屿、丛林，我都曾用脚步丈量。直到孩子出生。

湘西的家位于一座小山坡的坡顶。亲戚聚集而居，邻居世代比邻，一条沿坡攀升的小路把各家连接起来。坡顶还有一所学校，平日里，孩子们的嬉闹声会把这个街区变成一个巨大的蜂巢。

在这条街上，生活几乎都是敞露在外的。人们在门前吃饭、闲聊、斗气，在门前长大、生病、衰老。当门前的椅子空了一把的时候，一个人就死去了。

我常常带小米上山、蹚河，不出门的时候，就坐在院子里看他和伙伴们玩。不知是因为整天和孩子相伴，还是南方湿气以一种温和的方式磨砺了我的感官，我不再对世界背过身去；无比强烈而清晰地，周遭的事物向我涌来——一天里光线的变化，云层的流逝，一棵树树冠的弧度（当夕阳隐没到它后面，片片树叶透亮如璎珞），一个背影显示的孤寂，深夜窗外的各种声息。

世界从未这样向我展现它自己。

仿佛一个中国南方版的富内斯——那个博尔赫斯虚构的人物——一个落雨的下午，他从马背摔落，从此感受到世界的生动与丰富。而我，是从云端跌落到故乡的土地。

小米找到了自己的伙伴，他们收集落叶、枯枝和果子，曝露在雨里、阳光下，把它们晒得金黄。

我像一个稻草人一样，守护着他童年的每一天，而那些逝去多年的、来自我童年的人和事忽然浮现。我从未意识到它们还在，它们还会再回来。

两个童年叠映在一起。

有时，我们不得不因为什么事离开湘西，但过不了多久，又会买上返程车票回来。

一个秋冬，

一个夏秋，

继而一个春夏，

我们以跳水洼的步伐在故乡度过了四季。

书里的短章就是在这四季中写下的。它们小巧如石子——小米曾把这样的石子塞到我手里。那是盛夏的一天，我们在河边玩到天黑，小米从河里捞了一把石子上来。

它们已不知在那里躺了多久，

湿漉漉的，

细碎如星辰。

西夏

目录

春

槐树 2

蒲公英 4

风筝 7

一朵纸花 9

夜游 12

阿玲： 14

漫游者 22

只有一次 26

归途 28

养蜂人 32

大伯 42

雨后 45

石板街少女 48

酱园 54

宝石鸟 57

背泉水 59

石子 61

II

夏

葡萄和广菜 66
旋转木马 70
夜市 74
拱桥 76
涌泉 79
兰剑骑士 81
花店 84
小巷 86
夜雨 88
睡着了 91
河滩 93
理发店 96
闯入者 99
鸽笼 103
樟树果 104
午后 107
黄昏 108
蝉鸣 110
你听过纺织娘的歌声吗？ 112

秋

星夜　118
秋翁院　120
要下雨了　124
铁树　126
七月半　129
九月末，遥寄友人　132
休息一会儿　134
星光下　136
拜菩萨　140
雨中漫步　143
中秋　146
去墓园　147
林中囚徒　151
枯蓬　154
菊花　156
池塘　158

IV

冬

河畔小屋　*162*
青海　*167*
白雪　*170*
门口的椅子　*173*
寒梅　*177*
新年前夜　*180*
大舅　*182*
帐篷　*186*
绿豆糕　*189*
街角　*192*
藏在一丛灌木后面　*196*
在山顶　*198*

尾声　*201*

春

槐树

又一年，槐树像潮水一样涌了上来。每次看它，都觉得它比上一次离我们更近。

有风吹过，叶片就簌簌翻转，卷起一层银浪。

只在一个多月前，这片树林还是形销骨立的样子，在肃杀的寒风中噤声不语。那时，常常看见一只喜鹊穿梭在光秃的枝丫间，巡视片刻后俯冲下地，觅得一枚枯枝，便飞往远处高大笔立的杨树间筑巢。而现在，它完全变了样子，枝叶交织，仿佛就算我们掉落下去，也会被饱满的树冠托举起来。

小米，也许过不了多久，从阳台伸出手就能够着那些沙沙作响的可爱叶片了。

无风的夜晚，绿色的潮汐会喘息着，涌向你的床边。

蒲公英

正如我们担心的那样,所有的蒲公英都被昨夜那场暴雨毁掉了。眼下,只剩一根根微微发红的茎裸露在早晨清洁的空气中。

蒲公英是和春天一起到来的。

玉兰花瓣片片飘落时,蒲公英便陆续绽放。那些可爱的白色绒球乘着早春的和风迅速蔓延,成片成片飘浮于浅草之上。我们每回经过,都会在那里玩儿上好一阵,看浮雪般的绒球在微风中摇曳。小米把它们一支支采下来,放在嘴边呼哧呼哧地吹个不停。

而狂暴的风雨一夜之间就把它们悉数割下。

我们茫然地站着……

小米忽然跑向草地中央的桃树。周围树冠低矮,只有他这样的小人儿钻得进去。

"这里,快看这里!有蒲公英哎!"小米兴奋地喊,手指着低处。

是真的,在靠近树干的地方,一株蒲公英顶着纯洁的白帽子玉立于一片浓荫之中。

它,完好无损!

我和小米对视了一眼,不禁哈哈大笑起来。

风筝

爬山途中，在道路 U 形弯的拐角处，一位从未见过的老人在卖风筝。

老人和在他头顶上摇摆的风筝都是颤巍巍的。

风筝是竹子骨架的，蒙了一层宣纸，上面绘着蝴蝶和兰草，线条颤抖，大概是老人自己画的。

我小时候也做过这样的风筝，那是学校举办风筝比赛的时候，父母帮我找来竹子，砍削、打磨、绑成支架、糊纸、坠上尾巴、系线、一次次试飞。

那只风筝是简单的"瓦片"样式，在成群的"雨燕""蜻蜓""老鹰""金鱼"里显得很不起眼，却带给我许多欢乐。

我们跟老人买了一只风筝。老人口齿不清地比画了半天，非要多送我们一个线轴,说是容易断线。他把线轴硬塞到小米的手里。

小米在山路上奔跑起来,风筝借着风势升到他头顶,又很快摇摆着坠到地上,小狗似的被一路拖着跑。

它又落进了路边的灌木丛,得非常小心,才能把它完好无损地摘下来。

这样的纸风筝不像伞布做的风筝那么结实;灌木会扎烂它,水会浸透它,大风会带走它。有时它卡在枝丫上,比任何花朵都更容易萎败,一场小雨就会让它发黄、破碎。

风筝很快破了洞,坠落在山顶的灌丛里。

我们想下山时再买一个。但是回到原来的地方,发现老人和他的风筝都不见了,道路拐弯处空空荡荡。

也许,那个风筝并不是真的存在,而是我童年那断线的风筝,又被风送了回来。在四月的这个午后,它跟在小米身后摇摇摆摆,就这样越过了长满蕨苔的山岗。

一朵纸花

傍晚,每个小孩都举着一朵纸花,在街边跑来跑去,小米的视线一直追随着他们。

折花的那个少女就站在街对面,她一边摆弄手里的纸,一边跟一个男生说话,两个人穿着同样的校服。

小米也想要一朵那样的花。

少女说:"我还有纸,可是没有棍子了。"想了一下又说道,"嗯……没事,我再去找一根。"

她转身离开,不知去了哪里。

孩子们都跑到操场玩了,只有小米还拽着我的衣角等在原地,他的眼睛一直望着女孩消失的方向。

天色渐渐黑了,行道树掩映着一条灯光朦胧的大街。忽明忽暗的灯光闪烁在小米的眸子里。

"喏,给你。"不知什么时候,少女回来了。小米从她手中接过纸花。那是一朵黄色的、花瓣层层叠叠的花,绽放在一根光洁的木头花梗上。

小米欢快地加入了那些孩子们。这个时节,田里的油菜花、山坡上的桃花、李花都已经开过,路边的玉兰、白桐花也早就凋谢,唯独孩子们手中还有花朵盛放。

整整一个晚上,花儿一直被孩子们攥在热乎乎的小手里。他们嘻嘻哈哈,追来赶去,直到身影被夜色吞没。

夜游

最后一批游客朝着与我们相反的山脚方向滑落下去，一大块水银似的，为我们留下一条空寂的道路。

夜让路边的景象变了样，白日里清爽怡人的竹林现在显得有些阴森怕人。

我们试图拨开竹子往里走，竹叶的窸窣立刻引起鸟群的骚动，它们在昏暗的林中扑打翅膀四散惊飞，并向闯入者发出尖厉的警示。

丁香花丛及其香气就埋伏在前方的黑暗里。

细砂石摩擦鞋底，发出沙沙的声响。在头顶，被两行柏树勾勒的天幕上，明亮的星星一路抛撒，它们中的每一颗都被寒气仔细擦拭过，显得格外洁净。

但星光并未如箭射下,草丛、树林和道路仍是黑黢黢的,环绕的群山格外静默,加重了夜色的深沉。

已是四月,山区的夜晚仍寒气逼人。

我们将衣服拉链拉到顶,双手也揣进口袋。只有小米不觉得冷,在我们身边蹦蹦跳跳,变成一团模糊的黑影。

他将一盏头灯挂在脖子上向前跑去,离我们越来越远,忽大忽小的光团一直跟随着他。

是一只笨拙的萤火虫。

阿玲：

那个午后，你带我们去爬山、背泉水。还没到夏天，但一出太阳就会觉得热，油菜花的气息暖烘烘地从路边半荒的田地飘散过来。

阳光透过树叶落在地上，也落在你的衬衣上。

你不时停下来俯身赞叹，那是些微小的植物——蜷曲的蕨，有玫红裙裾的豌豆花，或者是你也不知道名字的叶片纤巧的草。

你把我们带到半坡的涌泉，甘冽的泉水流进我捧起的手掌。

我们已经很久没见，但今年这个季节更替的时节却可以常常碰面，像小时候那样。

我常去你住的大院找你,在某个灼热的下午或是雨后。一个月还萧条干枯的那棵樱花树,现在已是繁花满树。

我们坐在操场边,看孩子们玩。他们骑车、奔跑、跳进盛满树影的水洼,又跑到林子里捡落叶、揪蒿草,一捧一捧摆在我们脚边。

茎叶折断,汁液散发清香。

他们跑开的间隙,你让我看对面的山,那曾是你放野火的地方。点了火,你会跑回这个操场看火势蔓延。

火无声而缓慢地扩张其版图,它会突然间向一个意想不到的方向扩散,像要故意违背你的意志似的。

我们并肩坐着,远望山坡苍翠。

我见过你心中的火焰，烧灼过的痕迹，焦枯的气息。

你说起小学暑假和母亲前往父亲探矿的深山。旅途漫长，你们换各种车，在拖拉机上颠簸，步行翻过群山；透过岁月回望，路更显曲折，山更显广袤。你记得从山峰流向你的河流，也记得那些五彩的、闪光的矿石，它们曾被你珍爱地捧在手心。

一片樟树的红叶坠落在我们脚边。

孩子们跑了回来，他们翻炒落叶和野草，作为我们的晚餐。西边的天空挂着一团古怪的黑云，像是作业本上橡皮胡乱擦过的污迹，云层后放射出一道道金色光束。你坐在我身边，面容平静而憔悴，整个夏天你总是穿着那件过于宽大的棉布白衬衣。

我们曾一起去往酉水边的没落小镇。坐在黄昏的码头上，注视山间那条闪光的河流，你问我水的流向。我久久凝望着水面的波纹，终究不能给你回答。

我们搭上快艇，驶向逐渐收紧的河谷，快艇拖曳着两道白沫翻滚的尾浪。一群白鹭停歇在对岸的杉树林，遥远而耀眼。你望着暮春的山坡——墨绿中浮现出新绿——一再地说：

"你看那绿色，你看那绿色啊……"

那个伤心的夜晚，我说要去找你，下车时，发现你早已等候在车站。是我电话里颤抖的声音让你不安。

我们在院子里徘徊，交换心事。

我离世界那么远，离你却那么近。

包围我们的，是四月树木蒸腾的浓香、缠绕脚步的童年暗影。

多年前的一天，你也曾失魂落魄地出现在我的门前，整个人因为痛苦而皱缩，你所拥有的一切东西就只不过是身边的那个行李箱。

阿玲，不知你是否也注意到，那夜天空深邃，既不发红，也没有云。星星没有像快熄灭了似的颤抖，而是每一颗都稳定、明亮。夜空和星辰仿佛都被泪水擦洗过，猎户座的银色腰带边，有一颗星星格外硕大，好像一颗钻石心脏破碎在首饰盒的黑天鹅绒内衬里。

那些人和事，就像头顶的星星一样早已不存在了，但我们仍置于它们微弱的光芒下。

阿玲，中学时你寄给我的照片，我一直保留在相册中。

背景那片浑浊的山上落满了雪。你穿着黑色大衣，领子、袖口和口袋尽是黑白相间的格子。你在吃手中的一团雪。

那时，你圆圆的脸上还没有晦暗的阴影。

那时的我们怎么会想到，日后会走那么多的路，而我们的心一直和从前一样迷惑、动荡；我们又怎么会想到，后来的那么多夜晚，我们再也不能像童年那样酣睡。

照片里的你看上去很快乐，眼睛眯成了新月的样子。

雪一直在下。

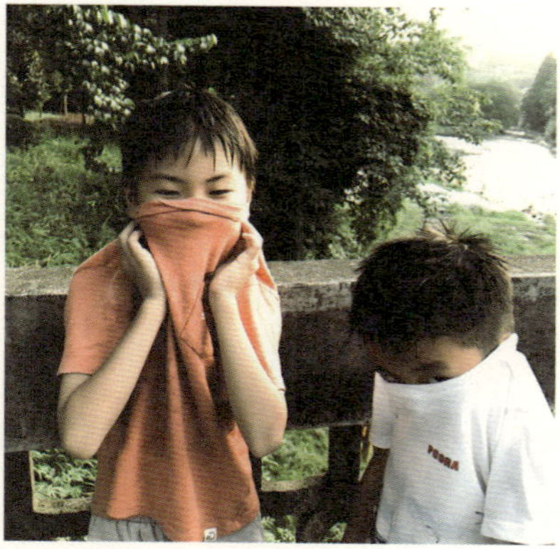

漫游者

小米喜欢坐公交车,我们常随便搭上一辆,也不管它要去往哪里。

有时,我们中途下车,穿过门洞,走上一条石板路。玉兰树探出围墙,一入春就满树白花,等到那些花瓣尽数凋落,就是石榴花燃烧的季节了。

我们总买上几个蒿菜粑粑,坐在池塘边吃。柚子树的树冠在我们头顶伸展,不时落下几粒豆大的果子。那些没有坠落的果子,过不了几个月就会变得又黄又大,压弯枝头。

我们嚼着粑粑,满嘴的红糖和芝麻咯吱直响。池塘不时传来轻微的咕叽声,放眼望去却看不到鱼儿,只有荷叶颤动着,一颗浑圆的水珠就滚落下来。

有时，我们乘车到了新城。新辟的大道没什么树，白宫样式的房子兀然伫立，装饰着罗马柱和三角额墙。有一天，在这苍白的布景中，停靠了一个流浪马戏团车队，车厢上挂满浓艳的海报，狮子、老虎在铁笼里昏昏欲睡，也许正梦着草原和森林。

车子再往前开，就到了大片的工地。晚上，清冷的灯光照亮吊车，它们看上去就像是钢铁巨兽一样茫然行走着。

我们坐到终点，又再坐回来。道路在老城中蜿蜒，行人、店铺越来越稠密，沿街的霓虹灯光透过车窗，映红了小米的脸。

我们下车，拐向回家的路。天空散落着星星，它们不时被行道树交织的树冠遮蔽。

  我们摸黑走过院子，踏上一层层台阶。当我们推开家门，满屋灯光倾泻而出，里面坐着正等待我们归来的人。

  我们大步迈了进去，就像两个真正的尤利西斯。

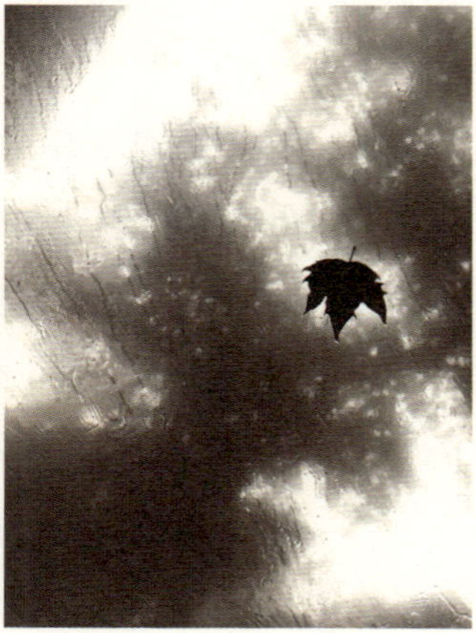

只有一次

这个时节,哪里闻不到花香呢?香气从枝头游窜下来,在街头巷尾弥漫。那些硕大明媚的花朵早就谢了,叶簇间点缀的只有细雪般的小花粒。要是在树下吃饭,它们会簌簌落进碗盘。

一个夜晚,在灯下看书的时候,一股香气忽然从门外游荡进来,如此浓烈,几乎幻化成形——如同一个精灵,驱驰着夜的坐骑,我几乎能看到那张容光焕发的脸。

它来自什么植物,花、草,还是树?

我不知道,只是久久坐在那里,沉醉于这样一种想象。

——在这个夜晚,在窗外的黑暗中,某些生命到达了一年的顶峰,其释放的浓香将这个秘密泄露给了一个深夜不眠的人。

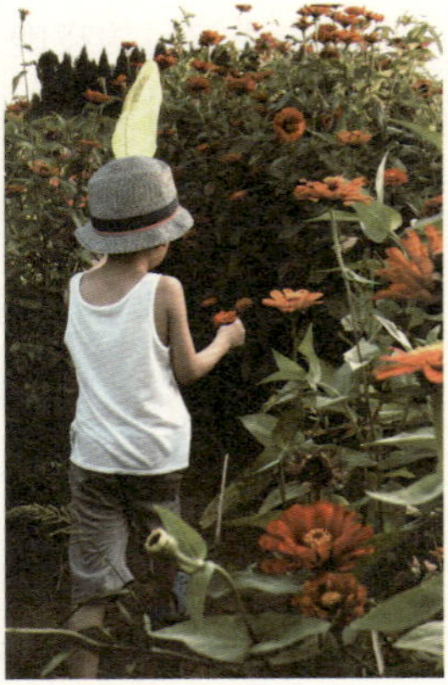

归途

　　她站起身，走出那间人影幢幢的明亮屋子，离开少年时的那些朋友。他们还坐在那儿谈笑着，其中一个身影是她曾经特别熟悉和怀恋的。对往事的回忆突然像夜色一样升起。

　　她走进五月的夜晚。沿街店铺的灯光映照着大街，那些精心装饰的橱窗透着节日才有的欢乐。

　　玩具屋似的面包店弥漫着烘焙的香味，一个个油亮、金黄、蓬松的糕点陈列在擦拭得一尘不染的玻璃柜里。夹起一个，夹子的前端就陷进糕点松软的表皮里。

　　她回到街上。风从背后轻轻推着她，她觉得自己也变成了五月的风，像它一样温和、轻盈和自由，几乎长出翅膀。

　　人人都在灯光里，在街头小食摊升腾的烟雾后面微笑。

风越过了她，去追猎迷失在空气里的玉兰花香。她感觉自己不是走在五月的大街，而是走在曾经拥有的青春里，走在春天即将离去前制造的甜蜜幻觉里。

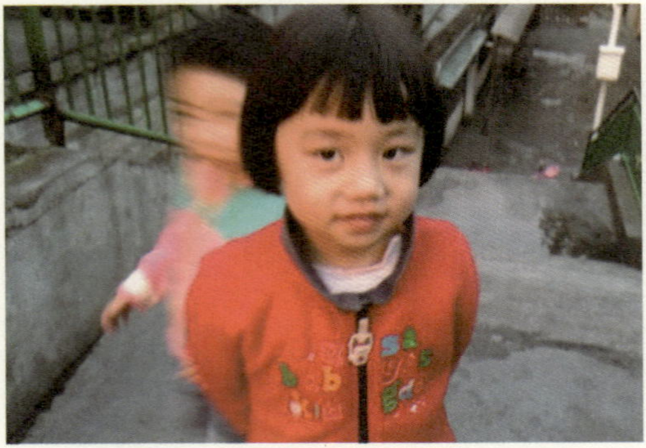

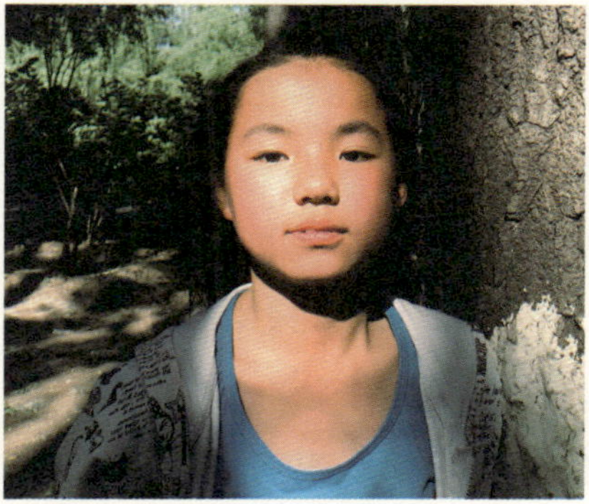

养蜂人

"看看，这就是我给你说过的刺槐。"胜和舅大步走进屋来，手里拎着一根枝条，"现在正是采这种花蜜的时候。"他一边指点着花穗，一边对我说。

胜和舅养过蜜蜂这事，就算在我们家族也没几个人知道。大家只知道他是个酒鬼，不管什么场合，只要有酒他就会喝成一摊烂泥。因为酗酒，还有乱麻般的家事，他那屋子成了这条街的巴尔干半岛，有点儿火星就会噼里啪啦炸个不停。

一个寒冷的冬夜，家里停电，外面又下着雨，看到他家还亮着灯，我赶忙跑去避难。那时我才知道他养蜂的事。

他在屋子中央生了一炉火，烧得旺旺的，很是暖和。

我们围着火，开始有一搭没一搭地聊。"舅，你是不是养过蜜蜂啊?"我突然想起来问。这是前一阵儿无意中从舅妈那里听来的。

"是哟,"他点燃一支烟,悠悠地说,"养过整整十年哩。"

那时,他不过二十来岁,刚到农业局上班,分配给他的活儿,就是坐着卡车、载着蜂箱,去追赶花期。

"都有些什么花呀?"我问。

"你对这感兴趣?"

"嗯!"那一阵子,每次爬山我兜里都揣着一本野花指南。

"哟,难得呀。这年头人人都只看手机,谁还在乎这个啊。我想想……"他拨了拨炭盆,脸上露出一种沉思的表情,火光在他的面庞上跳动着,"每个季节,要采的花都不一样。

比如二、三、四这三个月，采的是油菜花和草籽花，草籽花也叫紫云英。"

油菜花和紫云英连绵无际的样子，我是见过的。

"这些花要到哪里采呢？"我还没来得及说什么，他又自顾自地接下去，"得去常德、益阳那边，那一带是平原，花一开就是一大片，有好几百亩，相当壮观。还有湖北沙市，那边的花也多。到了五月份，这些花都开过了，我们就回湘西，山里有板栗花和刺槐花。"

他用火钳在炭盆的灰堆上画起道道来。"你看啊，这边是湖北沙市，过了江，就是我们湖南的常德、益阳。"随着他的比画，灰烬上现出了道路、山峰与河流，"湘西在这边，这里的刺槐蜜相当好，我家门前就有两棵刺槐，哪天你去看，四五月开花的时候香得很。"

我没留意过开在树上的槐花，只知道它们凋谢后会在地上铺厚厚的一层，雪白雪白。

"春天差不多就这样。到了六七月，我们要去四川和贵州那边采木油子。木油子又叫乌桕,山区多得是,要是没有这个,就去新疆那边采枣花蜜。"

"新疆啊!"在这个飘雨的南方寒夜,新疆听上去无限遥远。

"六七月采木油子,八月份棉花就开了,也可以采。还有一种叫黄麻的,是芝麻的一种。它长得很高,差不多有一层楼这么高。"

他站起来,踮起脚,尽力伸长胳膊,比画着黄麻的高度。

"除了黄麻,还可以在湘西这边采荆条花。然后差不多就是秋天了,秋天采什么呢——荞麦花。"

"那冬天呢,就没什么花了吧?"

"湖南这边是没了,那时只能去云南。那边的油菜花开得比我们这边早,湘西的油菜花要等到初春。一年大概就是这样了。第二年,要先派个人去看蜜源,那可真叫走——马——观——花。"能这么活用成语,他不禁笑了起来,"也就是快快地走一遍,去查看花的面积,因为蜜蜂一采就要采一大片的。"听着他的描述，我似乎已经骑上了马，掠过了成片的花田。

"花不是年年都在吗，还要专门去看啊？"我回过神来问。

"那可不是。有时候农民会改种其他东西；有时候是气候原因，长势不佳。都要先去看，看好了，我们再一个车队赶过去。"

"一个车队要放多少蜂子？"

"一般是一个人负责三四十群，我们一次要去七八个人。你想想。"

"那得几百群蜂子呢！"

"几百群，有嘞有嘞。"

"一群蜂子多少只？"

"那多得很。"

"几百？"

"不止。"

"几千？"

"少说得几万只。"

我暗自推算了一下，二三百群，一群几万只——我迷失在蜜蜂的巨阵里。

"你想想看，这壮不壮观嘛。我们两三天取一次蜜，取一次就是两三千斤，到里面洗澡都可以。"

我哧哧笑出声来，他瞪着眼补充道："是真的哦！"说话间眼珠子都快鼓出来了。

"知道啦，我信啦。"我们都乐了起来。

胜和舅吸了口烟，吐出一串烟雾："你说啊，这人也挺怪。那时候在外面东跑西跑，一年回不了几次家，也不觉得累，回来了反倒坐不住，觉得没劲。

"和蜂子处久了，发现这些小虫子还真有意思。比如工蜂从来不休息，它们有采花蜜的，有采花粉的，还有专门照顾幼蜂的，和保姆差不多。它们身上样样是宝，采的花粉可以做美容品，蜂王浆是高级补品，蜂毒可以治病。我们这儿是山区，得风湿的人多，那时，老有人上山来找我们，要让蜂子叮几下。大家都怕蜜蜂，其实叮几下没什么坏处。

"你看蜂子好不好嘛！它还吐蜂胶，那是入药的，可以消炎止痛，要是有人烧伤烫伤，抹一点儿就管用。有时想想啊，会觉得它比人，至少是比大多数人都要有用些。

"蜂子有灵性，能感觉到天要下雨，会变得特别狂躁。那时你打开蜂箱，会看到它们个个绷着翅膀，"他将张开的手指紧绷起来，模仿蜜蜂飞过，"一个个和战斗机一样，嗡嗡嗡到处乱飞。不过它们怕烟，像这样喷几口烟，"他噗噗连吐了好几口烟，"烟一熏就老实了。它们对风也敏感，你从旁边走过去，要是走得快了，带起风了，一群蜂子从窠里飞出来追你。那时候，我脸上、手上、腿上到处都是肿的。其实蜂子叮你，它哪有什么好处，还不是死了，就蜂针还留在你身上，连着它的一点儿肉。你能看到针一动一动的，那是在往你身上注射蜂毒。我身上都不晓得有多少蜂毒，现在给蛇咬了都没事。"

"这是以毒攻毒哇。"我神往地说。这样的事我只在武侠小说里见过，没想到竟是真的。

"是以毒攻毒。你舅妈老说，要不是养了十年蜂，像我这么喝酒，早就喝死了。那时候我们养过好几种蜂，有中蜂，就是我们中国的蜂子，意蜂，是意大利亚平宁半岛来的，还有一种高加索蜂，苏联那边的，哦，现在要叫俄罗斯了。意蜂到我这个指节，"他掐着指节比画，"高加索蜂也差不多。中蜂要小些，它特别适应我们山区的气候和植被，产的蜜也最好。"

他讲起蜂蜜的纯度、浓度，夹杂着许多术语，我茫然地听着。

"唔，怎么样，你胜和舅还是晓得点儿东西吧。"

我点点头，发自内心地认同。

"到底是养了十年啊。刚去的时候，也什么都不懂，二十来岁，领导让放蜂就去放蜂。有个师父带着我们一起，她是农学院毕业的，也就比我们大几岁，人长得特别漂亮。一个女孩子和我们到处跑，也真不容易，好多事都是她手把手教的。那时，她真是年轻啊。"胜和舅不再说什么了，他看着炭盆出神,烟头上逐渐积起一小截灰烬。我翻来覆去地烤着自己的手。

冬去春来,我们没再说起蜜蜂的事。直到五月的一天,胜和舅拎来那枝形如吊灯的花枝:"这就是我门前的那株刺槐。等出了大太阳,花瓣油亮亮的,那时候采的蜜最好。"

他把花枝留给我。我随手插在塑料袋里,屋子一连香了好几天。

这之后胜和舅还是老样子,继续喝他的酒,他的家也不时到半夜就炸个不停。

我没机会再问问他养蜂的事,可那次谈话让我有了点儿改变。每当我走过这条街,看到那些熟悉的面孔——在街边闷闷抽烟的理发师,腾腾油烟后的厨子,夹着公文包匆匆走过的办事员,还有南货店的老板、门卫、保安,总会不由想到,也许他们也曾是养蜂人吧,在最好的年纪漫游大地,追逐过某种芬芳。只是这些事被埋藏在心底,没有人知道,也从没人问起。

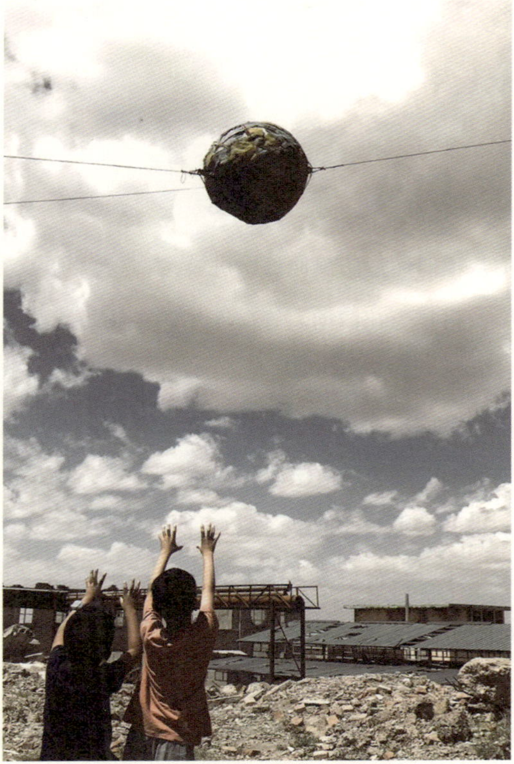

大伯

　　大伯从不偶然造访。他每次进城，都是有事要父亲帮忙。他不进屋，只是坐在门前。等父亲忙完手头的活儿，他们就一起离开。

　　多年来，他总穿着深色棉布上衣和黄胶鞋，只有增多的白发、越来越密的皱纹显出时间的流逝。

　　我们进进出出和他搭话，他总是回答："嗯。""对。""好。"如一粒粒豆。只有跟小孩子讲话时，他才会带上长长的尾音："你好乖哦——"

　　父亲忙过一阵子，会在门前抽会儿烟，他们便用我们听不懂的山里话聊上几句。父亲离开，大伯就继续待在沉默里，不动也不作声，就如干完一天活计、终于卸下鞍具的骡马。

那一次，大伯依旧在门前等父亲，只是手上多了个无纺布袋子。

不久前，他失去了唯一的儿子。那位年轻人多年来在南方务工，皮鞋厂的气味侵蚀了他的肺。发病时，他正筹备着回乡盖房和结亲，结果不到一个月就匆匆离世。

在大伯从来平静的脸上看不到悲伤的痕迹。他手中的袋子撑得鼓鼓胀胀，里头装满医疗票据，要去民政局报销。城里繁杂的手续和倨傲的办事员，他应付不来。这些票据是儿子活过的最后证物，现在，他需要别人的帮助把它们换成钱。

天色渐渐暗了，他拿出手电筒，仔细辨认、核算单据上的数字，喃喃念出声。直到一卷卷票据整齐地码在他的脚边，如束紧的稻。

父亲和大伯一起出了门，不久，却只有父亲一个人回了家。

"哦，事情办好了，他要一个人去街上转转，看看热闹，乡下人嘛。"父亲说道。

这时，大伯就走在喧哗的街道上，手里拎着那个无纺布袋子。在这片欲望的田野，处处结满琳琅满目的商品，它让你觉得可以买下并拥有整个世界。

雨后

　　竹叶零落一地，它们黏在地面，如同汗水浸透的衣服紧贴在背上。樟树、槐树的叶子也任意飘落，被行人忙迫的脚步踢来踢去。偶尔可见萎落的玉兰花瓣，浓稠、湿润的花香浸透了空气。

　　灯光从高处倾泻下来，为柏油道镀上一层暗金，石板路如铜镜般映出晃动的车灯人影。

　　之前的大雨，驱逐了露天舞场寻欢作乐的人群，现在那里几乎空无一人，只有一个乡下打扮的人不知何故一直在门口张望徘徊。

街上行人渐渐多了,从他们的头发、肩膀、背上散发出一种潮热的湿气。他们小心避让着地上的积水,只有孩子们嘻嘻哈哈、满不在乎地大步迈进水洼,溅起混浊的泥汤。

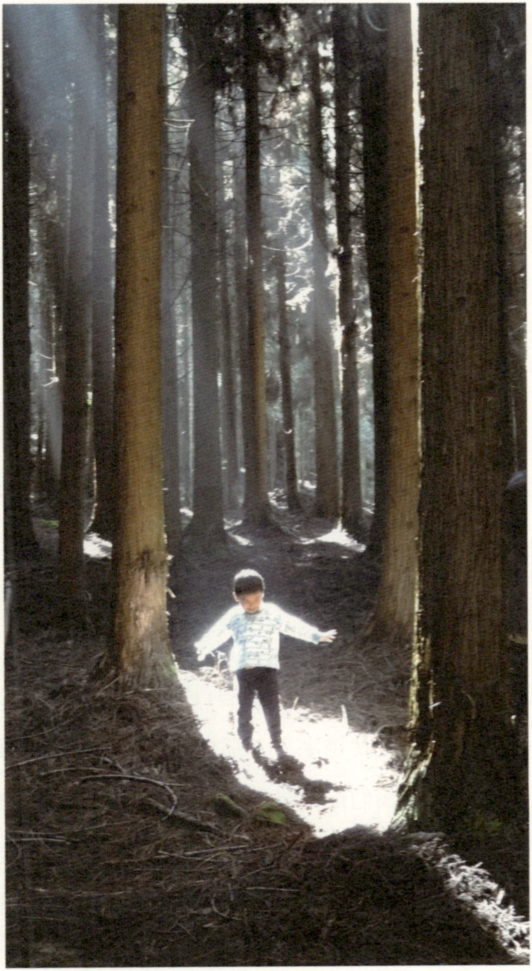

石板街少女

她是个漂亮女孩，继承了母亲的大脸盘儿和大骨架，并不轻盈苗条，很难想象她跳舞的样子。运动中的她总显得有些笨拙。

她是盛夏的果实、秋天的谷粒、繁星密布的一小片冬夜、慵懒地走入冬日的春天。

她住在码头边，门前是石板街，门后是河。我们常去她的房间，一待就是半天，那里光线昏暗，我们像是两个坐在河底的人。我们谈论学校的事或是书里的人。她说话的声音如林间的微风，咯咯笑起来时又前俯后仰的，显得格外爽朗。我怎能忘记，每当说起隐秘的心事，她的双眼闪动如水晶。

有时，我们会一起爬上屋顶平台，晾晒的白床单和衣服在风中飘荡，不远处是穿城而过的河流。我们趴在栏杆上看河，它时而充沛时而干枯，如同我们身上日夜流淌的青春，交融着欢乐和苦涩的滋味。

在漫长得仿佛没有尽头的暑假，我常去她家找她，手里拿一本要借或要还的书。有时推门进去，会有一股水汽扑面而来，裹挟着洗发水的芬芳。那是她在天井洗头，挽起的裤脚处露出一截浑圆的小腿，水从笼头汩汩涌出，把她整个后背都打湿了。听见我叫她，她会稍稍直起腰，用双手绞着湿发，扭过头朝我笑，满脸淌着水珠。她的笑容里有一种长大成人的妩媚——那时，她正在恋爱——就如从笼头喷涌的水流，折射着阳光的七彩色泽，却终会跌落到地面，迸溅成眼泪。

我已有很多年没有见过她。她的信件一直保留在我的皮箱里，随着时间的流逝而日益发黄。

某年的最后一天，我拨通了她的号码，只有无人接听的铃声久久回响着，和我一道迈进荒凉的新年。

我后来又去过那栋河边小屋，人去楼空，唯有小河依旧。平滑的水面上倒映着我凝望河流的身影，那颤动的波纹是我书写于水中的她的名字。

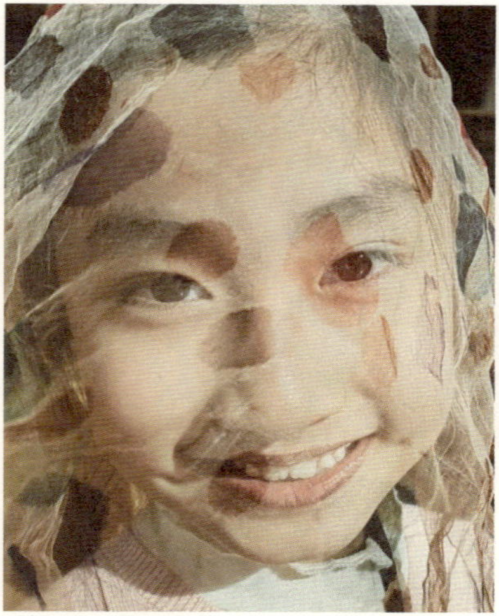

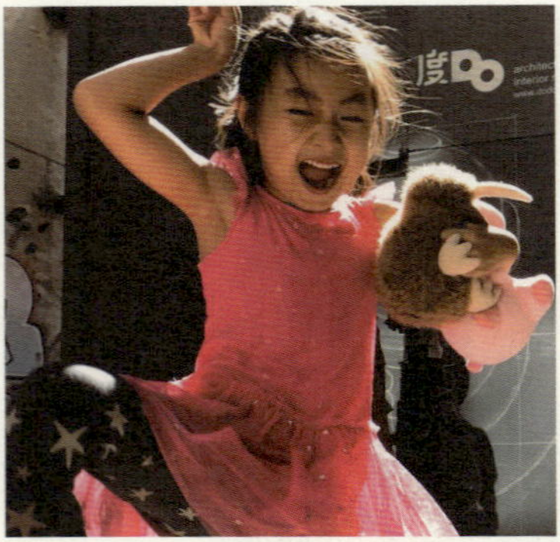
度DO

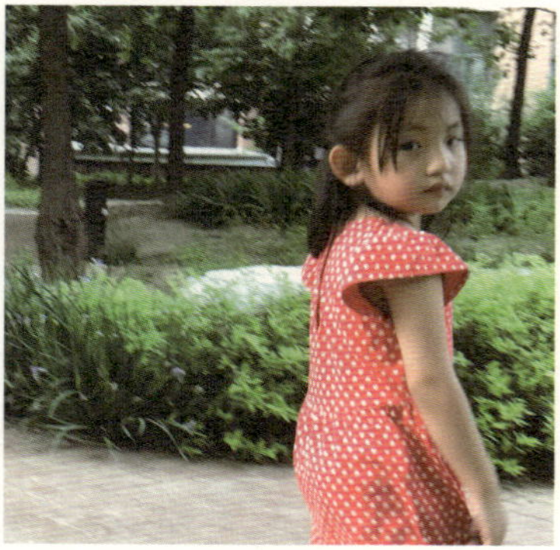

酱园

小米，你一定想不到，河边那个小公园以前是酿造酱油的地方。那时走在街边，就能闻到从围墙里飘散出来的浓香。

我常常抵挡不了这香气的诱惑，跑到酱厂去玩。趁守门人不留神，溜进大门，会看到一个缸的巨阵。那些缸是茶色的，如同一只只硕大无朋的甲虫，蛰伏在史前森林。

那些缸不像平常那样是敞着的，而是个个头戴斗笠。每跑到一个大缸前，我都忍不住把斗笠挪开一条缝，温热的气息夹杂着浓香瞬间扑面而来，简直让人醉倒。我需要高高踮起脚尖，才能勉强扒着缸沿朝内窥探——一颗颗豆子就在里面挤挤挨挨地做梦呢。

香气散发到空中，引来了苍蝇，它们成群飞舞着，发出催眠的嘤嘤、嗡嗡声。我也困倦了，于是靠着大甲虫，在斗笠的影子里打起瞌睡。

　　小米，说不定，我一直都没有从那时醒来；说不定，眼前这个小小的你，也只是我做的一个梦哟。

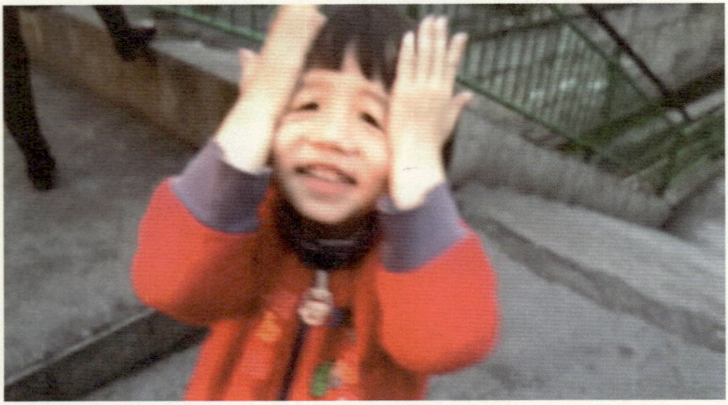

宝石鸟

好几次，我们在池边散步的时候看到了宝石鸟。它常常停在杜英上，圆滚滚的红肚腹，背脊散发着蓝宝石的光彩。一感觉到我们的注视，它就振翅飞去，如一道微弱的闪电掠过水面。

小米，它常让我想到童话里的快乐王子，"浑身上下镶满了薄薄的黄金叶片，明亮的蓝宝石做成他的双眼。"他站在城市中央高大的石柱上，日复一日目睹着穷人的悲哀，于是托付过路的燕子，送出眼中的宝石、身上的黄金。

这只宝石鸟在飞翔中一定也见过很多眼泪，听过很多叹息。可我们是不需要它的馈赠的，光是它的存在——看它疾飞过水面或是静息枝头的姿态——就已足够让人喜悦。这种喜悦正如看到阴云间透出的亮光，或是在林子里发现一条人迹罕至的小路，在那里，构树一层复一层的阔叶遮蔽天空，将我们引向它深不可测的宁静之中。

背泉水

　　有时从梦境深处会传来细响：空瓶子相撞，钥匙转动，大门吱呀呀打开又合上，然后是渐远的脚步声。那是父亲上山去背泉水了，天色还一片漆黑。

　　好多年了，家里的用水都是靠父亲背回来的。山泉清亮澄澈，入口时带着丝丝甜味。我们用它做米饭，熬粥煲汤，也用它给婴儿洗澡。当孩子咿呀喊着扑腾起水花，父亲脸上会写满笑意。

　　泉眼远远近近有好几个，父亲总去那个最远的，途中要翻越一座山，往返好几个小时。"那里的水最好，其他的都比不了。"他常这样说。

　　若连日不下雨，泉水就会变成涓涓细流。为了不用排长队，父亲天亮前就要出发。当我们还在热被窝里做着纷乱又荒唐的梦，他已打着手电走上了山路。等我们一觉醒来，一瓶瓶水已整齐地码在堂屋的长桌上，清澈明净，荡漾着黎明的容光。

而那时的父亲，已经又睡了过去。

石子

人们散落在靠近河流的地方,只有一位老人蜷坐在大石滩的中央,那些大而白的石头伏卧在他四周,温驯如绵羊。

水流在浅滩奔腾,喧哗声混杂着有节奏的捣衣声。在我们对岸,年轻的夫妇忙碌着,他们有一背篓的衣服要洗。相隔一段距离,一个孩子正专注地给父亲搓背,两个人一样赤裸而瘦削的身子反射着路灯橙色的幽光。

"我捡石头,你来扔嘛。"小米弯着身子,在河水里捡拾,不时把一块湿漉漉的石头放在我手里。我独自想着心事,几乎把他忘记了。

捕食的蝙蝠在河面上鬼魅般出没,有一只盲目地旋转,差点儿撞上我的脸。刚才天色还发青,而现在,天已经完全黑了，几粒星星高远、寂静地闪烁着。

"嘭。"好响！几步开外，一位姑娘想往河里扔石头，却溅了自己一身水。她不知所措地望向我们这边，羞涩地笑着。

石滩上的老人已经离开，被遗落的石头沉默着，仿佛保守了什么秘密一般。

"你来扔嘛！"这次，小米捞起一把湿乎乎的小石子塞到我手里，并用他明亮的眼睛注视着我。于是，我扬起手，把它们抛撒进黑夜那广袤无垠的牧场。

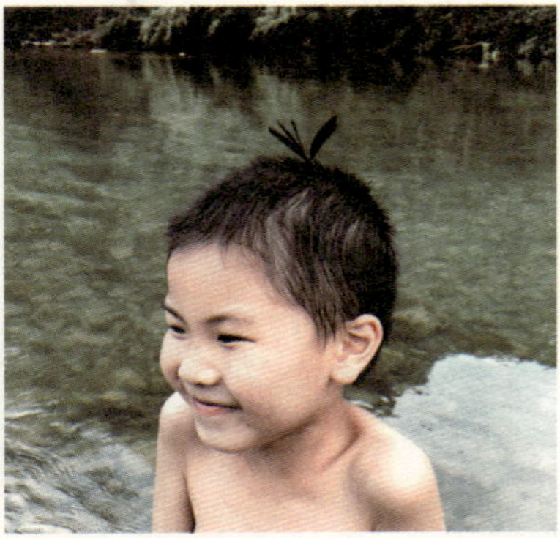

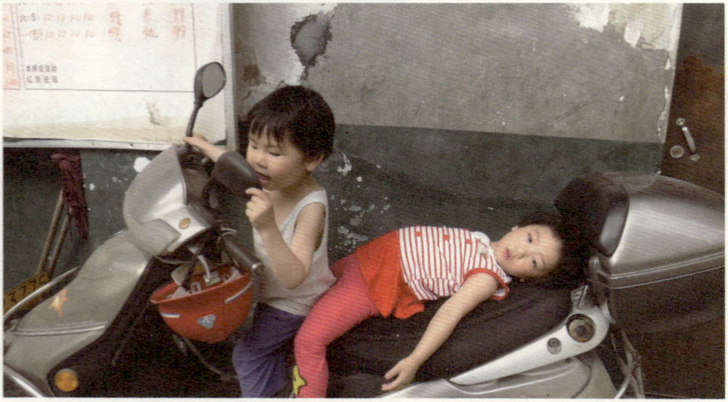

夏

葡萄和广菜

　　每年一入夏，外婆就会采来新鲜的广菜给我们吃。

　　广菜是一种野生芋类植物，有着蒲扇样的大叶子，它颀长翠绿的柄是可以吃的，洗净后，温润得就像外婆腕上的翡翠。用盐渍掉涩味，加几颗新鲜辣椒翻炒，就能上桌。广菜清爽开胃，嚼起来有野菜的韧劲，特别适合做炎夏的下饭菜。

　　我从没在路边市集或者别人家的餐桌见过这种野味。它在外婆的屋顶花园静静生长，是夏天最好的馈赠。以前，它旁边还种着一株葡萄——我们嘴巴里还回味着广菜的香味，葡萄就紧跟着成熟了。外婆总会采上一大篮颗粒饱满的葡萄给我们，虽不及市场上卖的那般壮大，只是紫中泛青的小小一粒，却是入口即化的香甜。我们一边细细剥着葡萄皮，一边啧啧称叹,一个个夏天就这么流逝了。

在南方的细雨中,葡萄藤渐渐显出衰老的迹象,它的果实越来越少。有一年,外婆只拿来小小一捧:"选来选去,就这么几颗还看得过去。"

葡萄的缺席并没有妨碍盛夏的快乐。我们大步迈过低地上的积水,在黄昏的习习凉风中奔跑;啃着西瓜,哈哈大笑的时候,鲜红的汁液沿着下巴淌下来,流到了脚趾上。

有好几年,外婆没有再给我们送过葡萄。不知不觉间,她的眼睛已变得像葡萄一般浑浊。由于腿脚不便,她独自幽居在小楼的二层。邻居的房子遮蔽了光线,只有朝南的阳台是明亮的。有时候,她站在那里把金首饰扔到屋前的马路上,路过的行人会弯下身把它们拾走。

外婆去世后,葡萄仍不时结上几粒,但已酸涩得没法入口。它渐渐被人遗忘了。

有一年,广菜的香味骤然从记忆深处涌上来,我便跟母亲讲:"我们吃一次广菜吧。"

"这种菜现在可不好找了。"母亲回答。

似乎,这种默默无闻的野菜已经和瘦小的外婆一起被静静埋葬了。

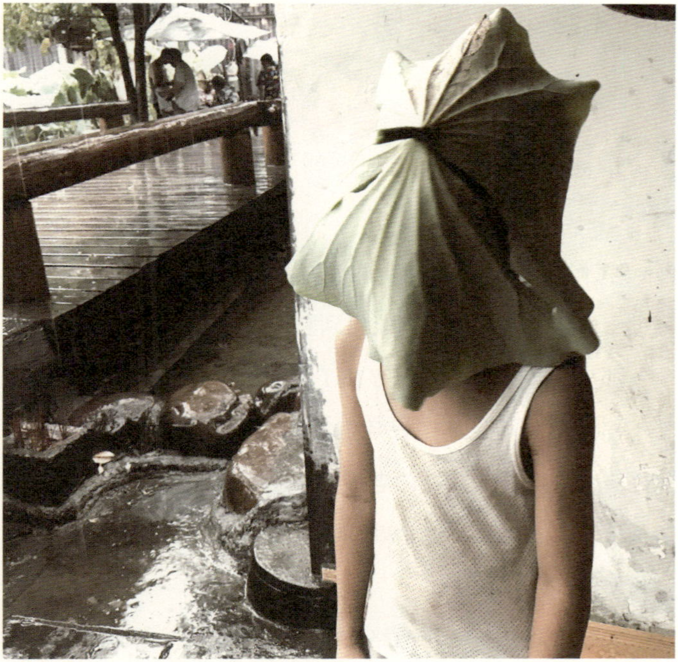

旋转木马

小米，你还记得八月街的旋转木马吗？离开家，走小路，拜过土地神，再转个弯就能见到它。

那个旋转木马不知道存在了多少个年头，篷顶已经脏得看不出颜色，马也坏了好几匹。它的中心不是闪亮的镜子，而是一台小电视。壮实的老板娘常坐在那里一边看节目，一边嗑瓜子。有时候，代替她的是她瘦削的丈夫，或是他们尖脸长发的女儿。

旋转木马被安放在道路交汇处的空地上，白日里人潮汹涌，热闹非凡。跨上马，随着"叮——"一声清脆的电铃声响，周围的世界便缓缓转动起来。菜市街的屠夫们奋力砍削着骨头，霍霍有声，碎渣飞溅；接着是一家家小吃店、一个个兜售小商品的摊位。各式声音交织在一起,一幕接着一幕……

小米总是在木马上待得最久的那一个。好几拨孩子来了又走,他仍然一脸梦幻地留在马上,并以一种让人难以拒绝的口气说:"还要!"

小米,你还记不记得,那天来了一个奇怪的姐姐。她几乎和她妈妈一样高,挂着一张空洞的脸,手紧紧攥住母亲的衣角,生怕她会凭空消失似的。

她上了马,安静地坐在那里。可是,当音乐响起,木马开始旋转,她立刻变得生动起来——她成了一名真正的骑手,挥舞手臂,不停地前后张望,似乎正带领着马群奋蹄狂奔。她的脸上泛起一层奇异的光彩。好几次,她望向我们这边,目光却穿了过去，投向我们无法到达的地方。

　　小米，那时的你骑着小马，奔跑在自己的草原上，也许没有注意到这位古怪的骑手。尽管着迷地转了一圈又一圈——和其他孩子一样——有一天，你也总会离开木马的；你会去追逐生活里那些无意义的事物，把木马遗落在童年闪亮的日子里。但那个女孩会留在这里，一直旋转下去，她眼里的火焰永远不会熄灭。

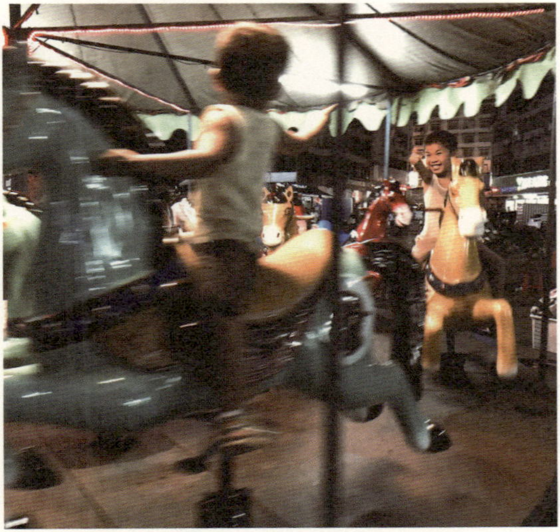

夜市

到了夜晚,家门前那条马路会被几盏高高挑起的路灯照得雪亮。灯光从一排香樟树和梧桐树的上方倾泻下来,迎光的树叶片片清晰可见,如在白昼。

若不下雨,整条街道都是热闹的。

路边,一群老人仍围着白天的棋局,他们佝偻着身子,树影攀爬在背上。

水果店的果子白日里被打理得个个油光可鉴,这时却开始瞌睡。隔壁是街头夜市,厨子们就着旺火掂锅,食物"滋啦啦"的声响连成一片,听上去好似雨声。

食客们沿街而坐,他们围拢在一起,带着一副诉说衷肠的神态。我曾在那里看见过我那个留着飞机头的表弟,他打着赤膊,露出龙盘虎踞的文身。他小时候打架成瘾,成天跟各种来路不明的人混在一起,现在却成了一名保安。他坐在朋友中间,不知道是因为酒还是往事,眼神迷离,一副失魂落魄的样子,活似丧家之犬。

我也曾在那里见到过百合般动人的少女,她站在摊前等烧烤,一时出了神,理发店的螺旋灯在她身旁无尽攀升,带着某种抽象、神秘的意味。

然而只要一场急雨,就会把这一切驱散;店铺会早早打烊,行人变得稀疏,唯有街灯照亮斜落的雨丝和匆匆掠过的身影。

拱桥

那些深夜还在拱桥逗留的人,不是被酷暑,就是被愁闷驱赶来的。

当我还是少年时,不知道在这里消磨过多少个夜晚。在那些与家人怄气、感觉被孤立,或是被一种莫名的忧愁侵袭的时候,我都会来拱桥。

拱桥是这片拥挤社区里唯一的开阔地,已有不少年头。桥上一块块石板光滑如镜,只有中段总是黯淡的,既无星辰也无灯火把它照亮。

我常站在这道弧线的顶部——远离土地、水面和现实的地方。

两岸的日常已被黑暗吞没,唯有一个个闪烁的窗格子悬浮在半空。

桥下，河水如蝮蛇蠕动。

桥上总有别的人，凭栏眺望或是背靠栏杆抽烟，烟头明明灭灭，他心里或许也有什么随之燃烧。我们彼此隔绝，却共享着从河面轻拂而过的风。有时，摩托车突突驶过，一道光柱穿透黑暗，将人与桥组成怪异而巨大的影子，鬼魅般滑过对岸的山墙，最终消失不见。

孤独而慌乱的少年也如这暗夜的影子般一晃而过。每次我路过拱桥，仍会看到年少的自己站在沉默的人群中，她何时才能释怀回家呢？

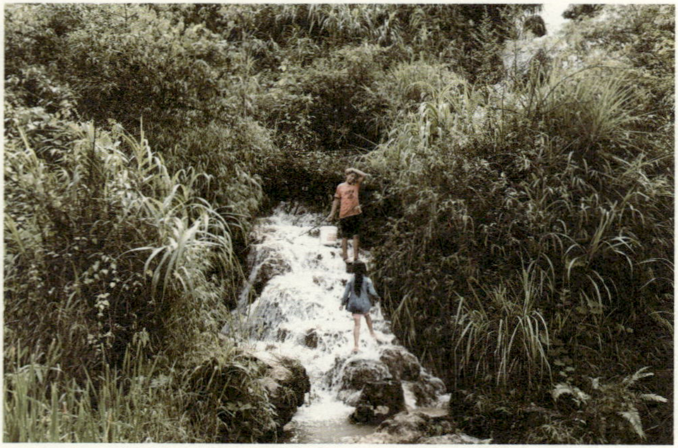

涌泉

"看,它好像个喷泉哎!"

我们在河畔散步时,小米落在了后面。他突然蹲下来,兴奋地大喊。我折回去看,一株好活泼的齐头蒿挺立在杂草丛中。也许是因为今年的雨水特别充足,它浑身披着细长的叶子,滚滚绿意从植株的中心升腾;又因为大地的牵引,叶片层层跌落下来,它喷涌、变幻,在河面吹拂而来的微风中轻轻颤抖着。这的确是一座小小的绿色喷泉!

小米守护着他的发现。

我紧挨着他蹲下来,和他一起聆听涌泉在雨季的欢歌。

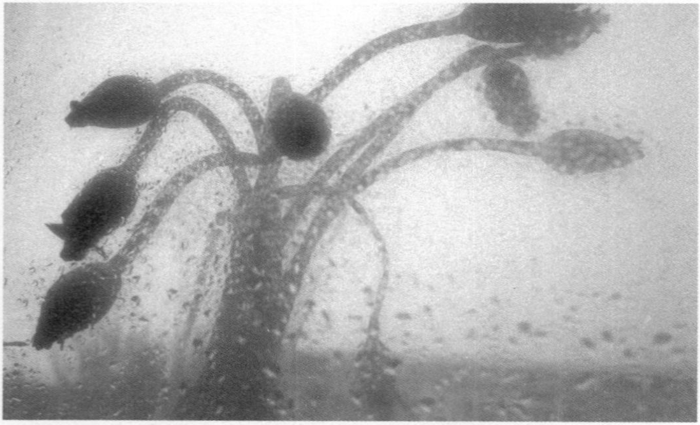

兰剑骑士

一个细雨飘落的夜晚,我们正在客厅里玩耍,隐约听到屋外的喊声——"小米,小米……"小米爬上窗前的长桌,对面浮现出一个女孩的身影。

那是隔壁家的孩子,我们这两栋屋子几乎是挨在一起的。她站在防盗窗后面,紧抓着金属栏杆,身后一片黢黑。

"依依,"小米在桌上跳了起来,"是依依哎!"

"小米——"

"依依——"

两个小孩互相呼唤着,夜和细雨将他们隔开。

"我要把她捞上来。"小米扯下窗前的一枝兰草说。我们曾用这样的草秆从积雨汇成的水洼捞起许多飞蛾,它们产卵后力气耗尽,漂浮在水面无法动弹。

　　小米尽力伸长胳膊,探出兰草之剑。那可怜的美人儿遭恶龙囚禁,整日以泪洗面。长夜漫漫,旅途艰险,勇士决意冲破铁铸的牢笼。

　　"小米,小米……"

　　这呼唤在夜色中扑扇着翅膀,被雨打湿了。

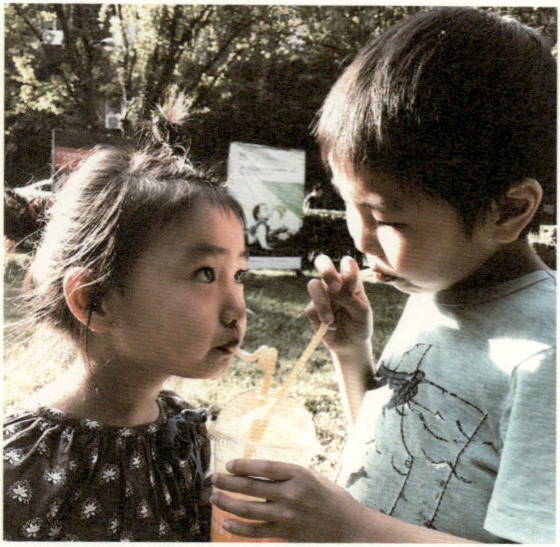

花店

那天，你看见她站在她的花店里，站在许多花朵中间。

你记得她少女时的模样。有一天，一向平静的校园忽然起了骚动，引得正埋头写作业的你也跟着同学跑出教室去看。远远地，只见到一个女孩的背影，她站在操场上，穿着一袭绿色长裙，长发垂落在背后，裙子和头发都像是丝绸做的。

过了一会儿，她回过身，那张脸如同初春的玉兰花瓣。

那天，操场上人来人往，却都变成了一种无关紧要的背景。她在人群中，无声无息的，却那么耀眼。

课间，男生们开始有意无意经过她所在的班级，有些大胆的还会隔窗张望，直到老师呵斥，才一哄而散。寝室熄灯后，她的名字仍在黑暗中被反复提及，或者默默燃烧在某个人心里。

  几年后，你和她先后离开家乡，来到大城市，并在一次聚会中相逢。那是在她的家里，屋子不大，处处散发着恬静平和的气息。和上学时一样,她不怎么说话，但是大家的目光，连同室内那金牛毛般的光线却都在向她聚拢。

  之后,你偶尔听到她的传闻:离婚,回乡,再婚,婚姻不幸。

  如今，她在故乡开了一间小小的花店,那里有一捧捧洋桔梗、石竹梅、海星草、百合，还有永生的玫瑰花。

  她站在柜台旁，低头盘点着什么。绿色连衣裙包裹着她纤细脆弱的身体，白皙的脖颈仿佛是一支花梗。无疑，她是店里最美的花，却也是最憔悴的那一朵。

小巷

　　小米，黑夜的魔法现在消失了。在白昼阴沉的天幕下，它又变回那条肮脏、泥泞、杂乱不堪的小巷了。

　　夜晚，当四周沉入黑暗，只剩一盏路灯亮着的时候，小巷看上去是那么神秘。人们步入那片灯光，连同自己的影子——孩子和他蹦蹦跳跳的影子、一个男人和他寂寞的影子、一对夫妻和他们不愿意在一起的影子。当有车驶过，投来一道光柱，这些影子会突然跃到墙上，以夸张的姿态模仿着它们的主人。

　　人们浑然不觉。他们走向呈扇形洒落的光芒，走进那金粉飞扬的细雨中。

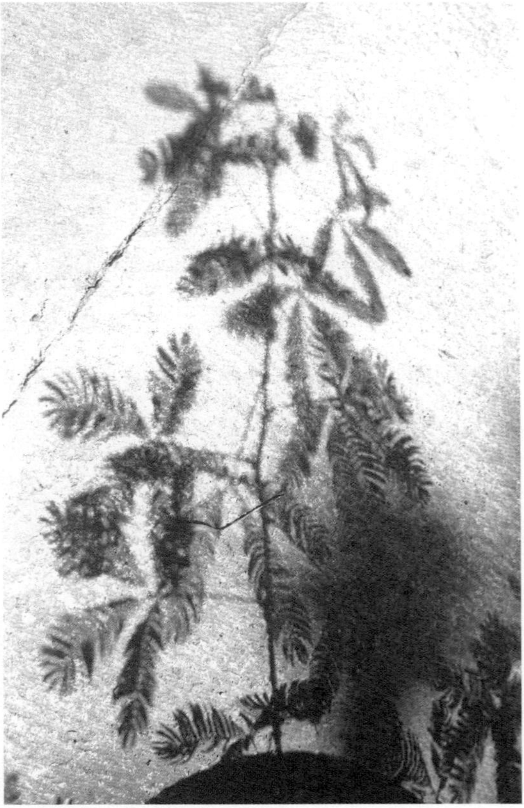

夜雨

小男孩从不在乎花的事，那天，却带小女孩去看花。

花园在屋顶上，他们手牵手上了楼。花都是外婆种的，在葡萄藤的阴凉里，有月季、玫瑰、茉莉、杜鹃和好几盆兰，有的正在盛开，有的已经凋谢。

长长的橡胶管子像蛇一样盘在地上，小男孩打开水龙头，过了好一会儿，水从一头汩汩涌出。他拎起管子四处甩动，一时水花泼溅，惹得小女孩拍手大笑起来。

每个花盆都溢满了水，两个孩子也浑身湿透。他们下楼的时候，一路吧唧吧唧直响，留下一连串湿答答的脚印，像是第一次上岸的水生动物。

那个晚上，下了一夜的雨，但声音有些奇怪，不是细雨的淅沥,也不是暴雨的喧哗,而是涓涓流淌的声音——如同无眠的夜里,有什么从内心深处涌了出来。

第二天早上,人们才发现是小男孩没关水龙头。水漫过屋顶,流了一夜。

这件事传开了。好一阵子,人们一见到小男孩就会拿他打趣:"还去看花吗?"每次,小男孩都把头一扭,飞快地跑开。

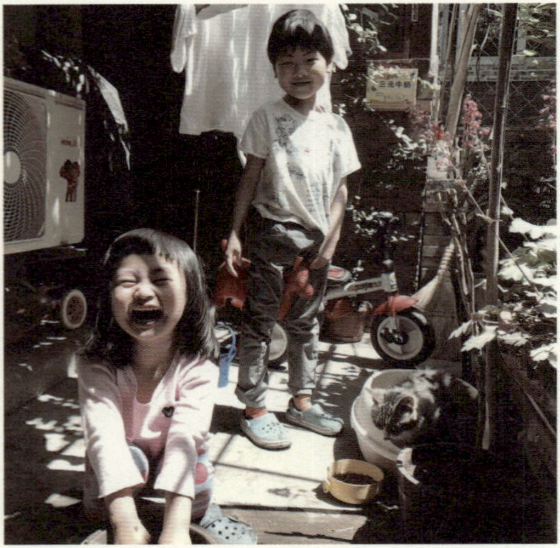
三元牛奶

睡着了

　　小米睡着了。整整一个白天,他马力十足地奔跑,制造各种麻烦,眸子里始终有火光闪动。午后,孩子们都去睡觉了,他却鱼儿似的溜掉,说着:"我不想睡,我还不想睡!"

　　现在,他终于睡下了,睡得又香又沉,头发和垂下的睫毛、石榴红的嘴巴和嘴巴里的每一颗牙齿都在做梦。他轻柔地呼吸着,仿佛一个刚刚获得生命的大理石像。

　　黑夜包覆着大地,世界此刻的宁静仿佛是一种永恒。事物的细碎声响——远去的脚步、一两声对话或车鸣、树叶的呢喃,一一潜入夜的深处。

　　我独坐灯下,在书页间漫游,又不时回过神来,看看沉睡于纱帐中的小小身影。梦的潮汐正将他裹挟而去,离我越来越远。可这又有什么要担心的呢？翌日清晨，他将乘着摆渡的曙光归返，带着那张已被黎明擦洗得容光焕发的、苹果一样的脸。

河滩

因落日西沉而变得苍白的这片河滩,现在被高高挑起的路灯染成了桔红。

堤岸上,人们正沿着石板路陆续返家,蚂蚁般列队而行。他们趿拉着拖鞋,头发、衣服上散发着浴场的气息。

而在这片河滩,还有人不愿离去。孩子坐在磨盘大的石头上唱歌,忽地又朝河里扑通扑通扔几粒石子。

一对恋人游到河水中央,并久久地停留在那里,也许是因为意识到我们的注视,便从河中回望着我们。悬在对岸店铺外的霓虹灯,将闪烁不定的光投射到他们身上,也映亮了他们身边的水波。

一列火车无声地滑过。

黑暗中，河风轻拂而来，携带着水草那略显苦涩的气息。我手里拎着小米湿透的裤子，慢慢向堤岸走。小米在我身后拖拖拉拉，捡拾、研究着被遗弃在石滩中的各种杂物——日晒雨淋的纸片、一条形状如小蛇的橡皮管子。

等我们走上堤岸回望石滩，只见几粒黑影在晃动。一轮硕大的圆月从废旧的楼群间升起，它也是湿漉漉的，在清澈无云的夜空泅出一片昏黄。

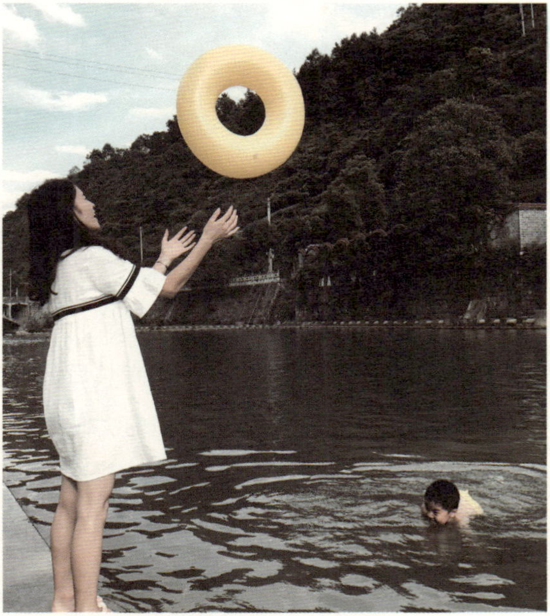

理发店

通往河边的小巷是条下坡路，因年深日久的踩踏而变得光溜溜的，走在这里总觉得刹不住脚。

路边有家理发店，理发师围着顾客忙前忙后，电吹风成天嗡鸣不止，只偶尔被隔壁棋牌室暴雨似的洗牌声掩盖。

而那个傍晚，理发店只有一个人。

一个少女坐在铸铁转椅上，她穿着背心短裤，正把花露水轻拍上纤瘦的四肢。风扇呼呼吹着，吹散了花露水的气息，却没有吹动垂落她肩头的湿发。她身后的各种招贴画在昏暗里连成一片，像是达·芬奇肖像画中退却的风景。

店外，放学和下班的人潮沿路流泻下去，而小屋安稳地停泊着，那洒落在外的光线是它的锚。

另一个夏天，理发店关闭了，一棵高大的梓树掩映着合拢的卷闸门。

不知那个少女去了哪里，不知这个夏天她会如何度过。

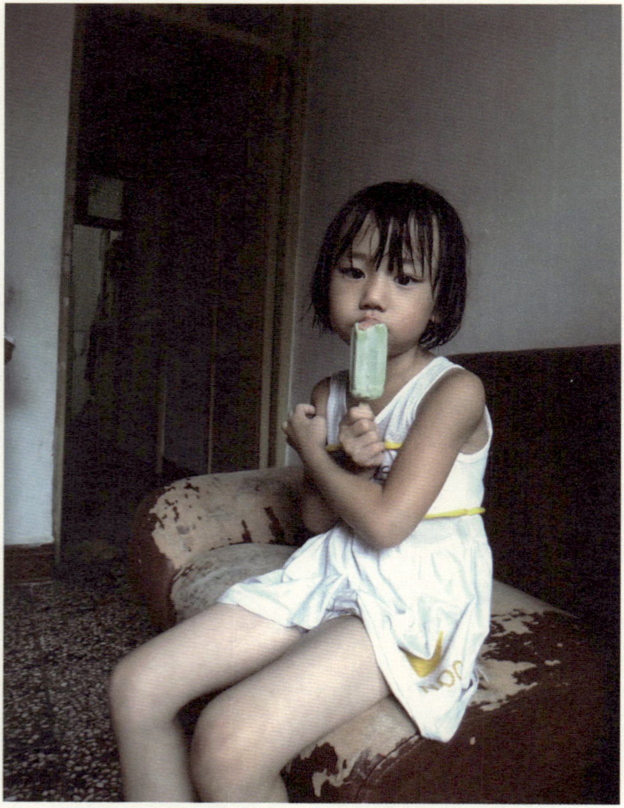

闯入者

　　六月的一个正午，我们走向游乐场。它坐落在城郊的一片树林中，四周环绕着蒲葵和形似巨型菠萝的中东海枣。

　　游乐场敞露在阳光下，反射着白茫茫的光线，偶尔响起的几声鸟啼也很快被光芒融化。除了我们，一个来玩的人也没有。工作人员都躲进一旁的树荫，有的已经蜷着身子打起了瞌睡。售票员梦游似的递给我们两张票。

　　我们坐上小火车，沿着起伏的铁轨奔驰起来。欢快的童谣顿时填满了整个游乐场——"冲破大风雪，我们坐在雪橇上，奔驰过田野，我们欢笑又歌唱。"周遭的树木好像被惊醒了一样，凤尾般的叶子籁籁闪光。

　　火车吭哧吭哧停下后，小米又跑向木马。他的坐骑系有黄金辔头，马鞍上装饰着徽章和流苏。随着马儿的转动，旋律再次响起："在一两天之前，我想外出去游荡。那位美丽小姑娘，她坐在我身旁，那马儿瘦又老，它命运不吉祥……"

我们穿过小路离开时，野菊在午后的阳光下燃烧着。童谣的余音渐渐消散，被搅动的空气沉淀下来，枝叶再次低垂进入另一个梦境。只有几只鸟儿看见了，一个童话世界曾经打开又关上。

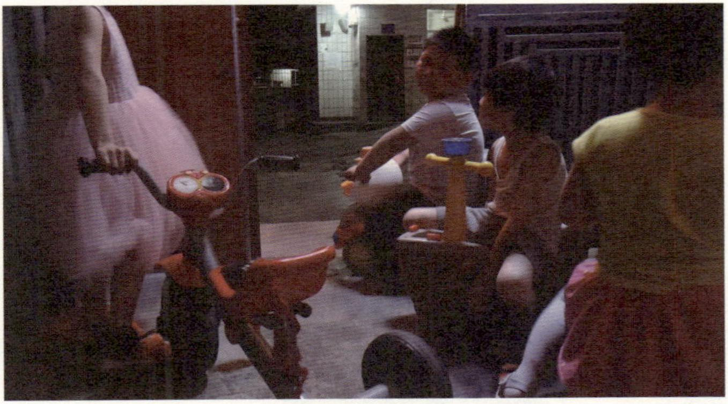

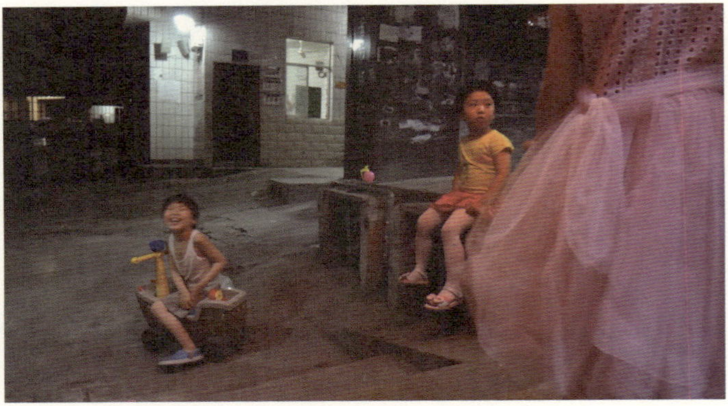

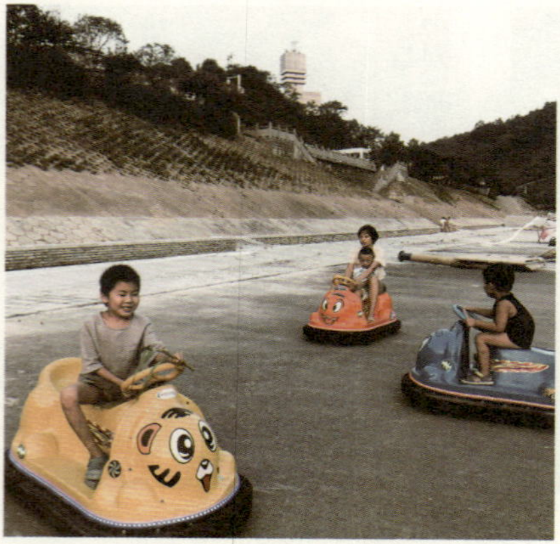

鸽笼

这条河边小路，白日里我和小米不知走过多少回。半道的槐树下有一个小神龛，拜过土地公，再往前走，会看到一排鸽笼似的小屋，几个妇人常聚在门前，一边打毛线一边说笑，看到我们经过，就大声招呼小米。她们的口音带着一种乡下人才有的爽朗劲儿。

这是第一次，我们从这里走夜路。我背着小米，玩儿了一天的他已经睡着了。

槐树和土地公公都被夜色吞没了。如蛇蠕动的黑河上，洒落着碎银般的月光。那几个妇人各自相隔几米，分散在路边，好像正在等待着什么。

小米沉沉地伏在我背上，对这一切毫无知觉。

樟树果

小米的白背心被浆果染上了斑斑点点的黄色。

每天一到黄昏,他便拎着小桶跑到学校的操场,在那里樟树果子落得满地都是。盛夏,曾经碧绿结实的果子变成了绛紫色,软乎乎的,轻轻一捏便流出清亮的汁水。在硬邦邦的水泥地面、篮球架下、下水道盖板的缝隙里,都能找到这种莹亮的宝石。

小米忽而在前,忽而在后,弯下小小的身体一路捡拾,之后还不忘给这些收获覆上几片赤红的落叶。

操场每天被校工反复清扫,这些果子是何时积下的?孩子的奔跑、小鸟的啄食,让不少果子都迸裂了。果浆流淌出来,散发甘甜的气息,一粒粒种子裸露在阳光下。如果这些种子落在土里，大概不消几年就会变成树冠浑圆的巨伞，在盛夏投下清凉的绿荫。而现在，它们只能带着一棵樟树的全部秘密继续长眠。

　　落满童年的樟树果，也许很快就会被小米遗忘吧，那件染黄的背心也会被收进衣橱。只有未来某一天，无意翻到背心时，我们才会想起那些曾经在樟树下度过的夏天。

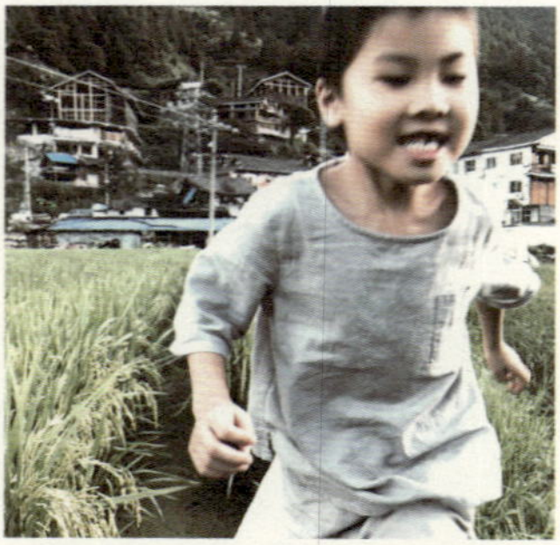
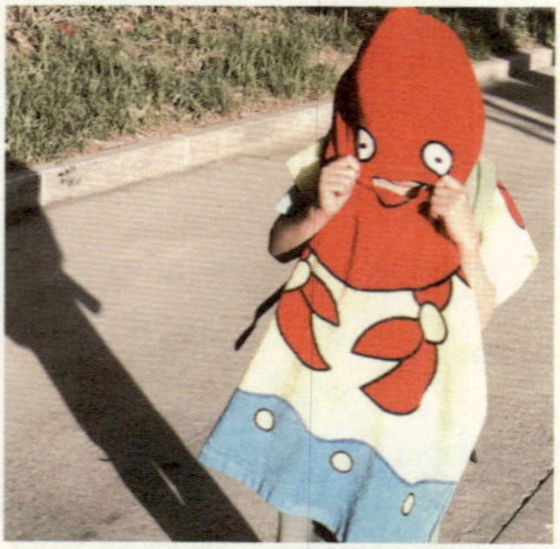
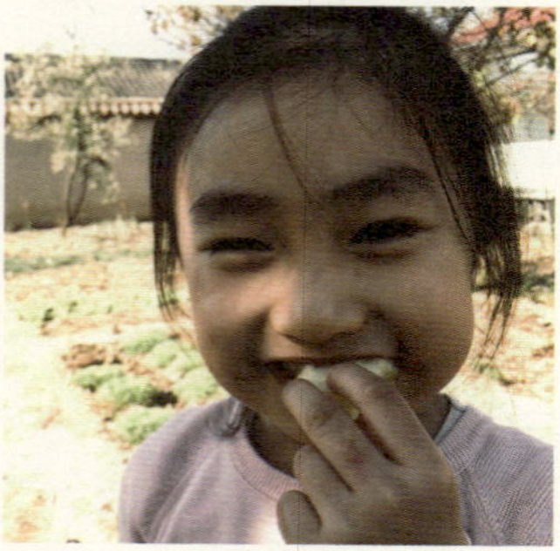

午后

孩子们陆续回家了,只有小米还在操场上玩。樟树树冠内部冒出一片蝉声,仿佛是树木难耐酷暑而发出了呻吟。

在一大片水泥地反射的强光里,小米骑着他的红色三轮车向我慢慢驶来,他没有踩脚蹬,用双脚在地上滑着。午后白茫茫的光线氤氲在空气中,小米滑行了好一会儿,看起来却像是原地不动。在不断升温的大气中,他的身影恍惚着、摇荡着……

黄昏

　　昨夜下过雨，操场上的水迹一直没有干。在夕阳下，它们如同锡纸般闪光。樟树的影子越来越长了。

　　几个孩子来到操场，每人吮着一根冰棒，冰棒是彩色的，软得像舌头。最小的那个孩子使劲吮着冰棒，脸颊都瘪了下去，他每吮过一口，都把冰棒从嘴里抽出来，惊奇地盯上一阵子。

　　他们在篮球架下转悠了一阵，又在树下站成一排，一个比一个矮一头。他们一同望向树叶深处，那里，有一个去年的鸟窝。

　　太阳渐渐落到山后面去了，不再分得清哪里有人，哪里有树，只有树冠顶部还流连着余光。

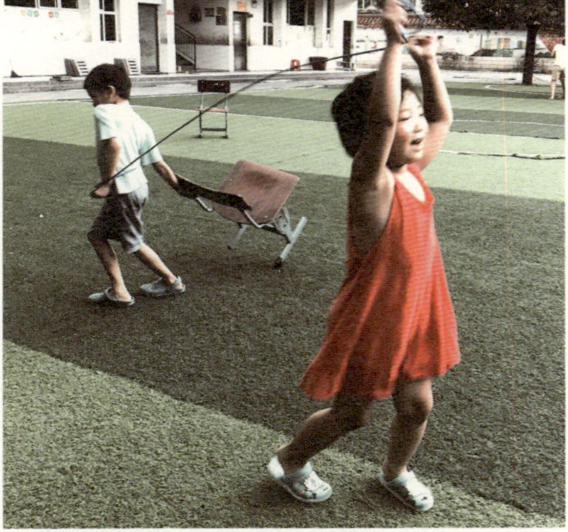
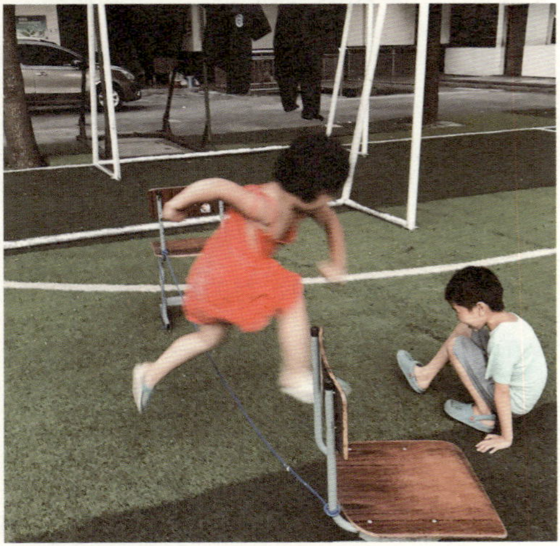

蝉鸣

窗外,只有一两只蝉在梧桐树上嘶哑地叫着,持续片刻,又余音了了地消散,寂静得可以听到操场上篮球落地的声音。

去年这时节蝉鸣正盛。白天,蝉鸣和车流、人声交织在一起;黄昏,融入街头的鼓声和舞曲;而到了深夜,它如潮水翻卷,一浪又一浪,冲击着未眠人孤独的灯塔。

鸣蝉是看不见的,它们藏在树冠里,发出不明原因的叫声。

夏日将近的时候,有的蝉从树上跌落。那时候常有孩子凑在一起,挑逗手中的猎物——蝉蛰伏在一截枯枝或是锡罐里,喑哑又迟钝,一经触碰,便"叽呀嘶……叽呀嘶……"地尖叫个不停。

我们曾把一只蝉放回树上,当把它放至安全的高处时,刚重获自由的蝉用纤细的足紧覆住树皮,并奋力鼓动腹部,发出愤怒而悲切的嘶鸣。

  有的蝉死去了,尸体落在石阶上。在它们被成群的蚂蚁分解、搬运之前,我们拆下过一对蝉的翅膀,它有细密的纹理,洁净透明,比空气还要轻盈。

  有一天,我们突然意识到窗外一片沉寂,那些不知疲倦的歌手早已离去很久了。它们是去追逐热浪,或是潜入地下,开始长眠、做梦,带着积蓄了一个夏天的记忆。

  空气寂静,偶尔传来蛐蛐的叫声,那是一种短促尖厉、带着秋日凛冽的寒声。

你听过纺织娘的歌声吗?

夏天快结束的时候,会听到纺织娘的歌声。有一天,舅妈给我讲了一个关于纺织娘的故事。

舅妈在我们这条街上是出了名的能干,靠开小卖铺养活了一大家子人。每天清晨,我们都会在睡梦中听到哗啦啦的声音,那是她正拉开卷闸门准备开张。接下来的一整天,她都蜜蜂似的忙个不停,不是卖货,就是大声招呼过路的人。在这片城区,有哪个是她不认识的呢?她说话的声音很大,还常常迸发出一通像雨点一样的大笑,这声音穿墙入户,不管我们在哪个房间都能听到。

一天夜里,我坐在院子里乘凉,她也踱了进来,已经到了打烊的时间。我们有一搭没一搭地聊起来。

"哎，这是什么？"忽然，夜色中传来"轧织——轧织——轧织——"的声音。

"是纺织娘呀。"舅妈回答我说，"你没见过吗？有时候，它们会飞到人家里去。我从来都不赶的，你知道为什么吗？"

我摇摇头，然后，第一次听到了她小时候的故事。

舅妈是在乡下长大的。房子在山里，门前有条河，下到河里随手一捞，就能捉到鱼。说到这里，她眼光闪动。那时她整天跟着表哥们瞎玩，家族的那一辈儿尽是男孩，只有她是女孩。在乡下，男孩会更被看重，可外婆却特别宠她。

"有一天，外婆跟我讲：'妹啊，要是哪天我走了，就变成纺织娘回来看你。你要是看到了，可千万不要打啊。'所以到了夏天,我总是开着窗,有时看到纺织娘飞进来,我就会觉得,那是外婆回来看我了。"

她没有再说什么,我们一起听了会儿纺织娘的歌声——"轧织,轧织,轧织……"

舅妈依旧日日在街边忙活,没再提起纺织娘的事。

而我成天开着窗,但从来没有纺织娘飞进来。

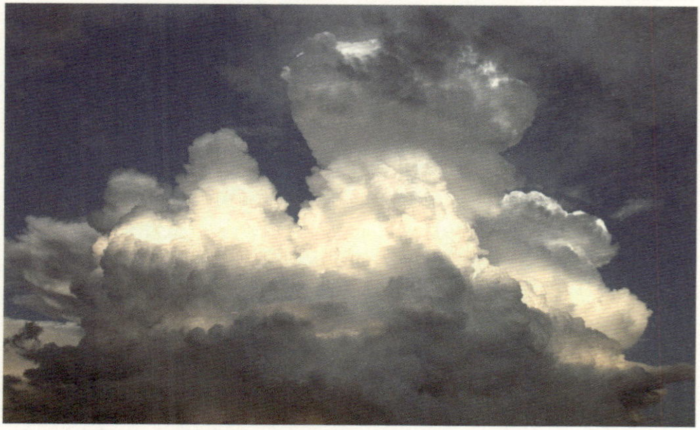

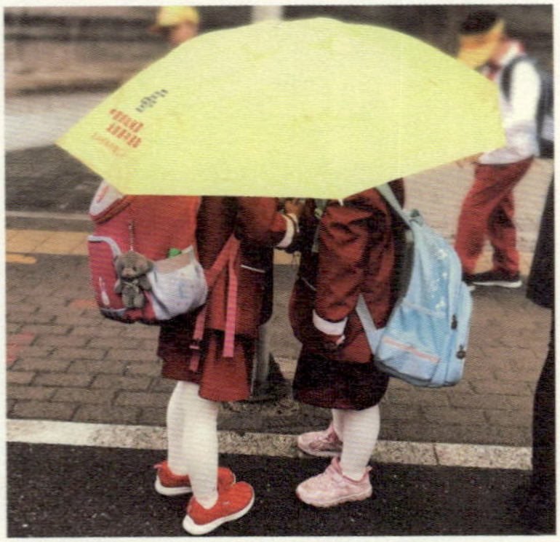

秋

星夜

小米,你见过旋转的星空吗?不是在书上、电视里,而是真正的星星的魔法。

我读初中的时候,女生宿舍是一栋老式木楼。歌声、说笑声、打闹声、木板踩在脚下发出的吱嘎声,让它变成一个永不宁静的蜂巢。

一天夜里,我来到走廊。大家都睡了,小楼好安静,仿佛整栋楼,整个学校,整个城市,整个世界就只剩下我一个人。

从走廊可以看见操场,那里的夜空分外开阔,洒满冰晶似的星辰。忽然,这些星星开始游走、聚合,像是一场拼图游戏;它们变成了巨大的漩涡、银色的焰火,旋转着、喷涌着……

是什么力量驱动了它们？我不知道。

这持续了多久？一秒钟还是一个小时？我毫无感觉。

时间消失了。

很快我就把这件事忘记了，也没对任何人提起过，因为青春的日子到处都是奇迹——身边的女孩们无声蜕变着，一个个变得耀眼美丽，仿若星辰。

过了这么多年，曾经的美已经萎败，许多人变得遥远而模糊，那时的星空却仍旧清晰，带着它银铸的花火和旋涡。我终于明白，那是一个永恒的奇迹，一个无可比拟、不可磨灭的瞬间。

只要见过那样的星夜，它就会一直旋转在你的宇宙中。

秋翁院

"这里,还记得吧?"上山半途,母亲忽然指着一个地方问我。

那是个白墙青瓦的中式园子,看起来已经荒废很久了,透过生锈的栏杆,可以看见里面荒草丛生。

院门的匾额上刻着:秋翁院。

我望着这几个字,一段童年时光蓦然回闪。

那时,城里没什么娱乐;周末,母亲常带着我们,和要好的邻居去那园子里玩。

园子不大,不过是一处凉亭,几丛毛竹,若干盆栽。但大大小小一群人结伴出游,拎着水壶,拎着水果点心,说说笑笑走在山路上，这一切都带给我们一种长途旅行般的快乐。每到秋天，那里还能看到一盆盆怒放的菊花。

我们的家庭影集里有不少在秋翁院拍摄的照片，黑白色，四周带着齿状的花纹，和邮票差不多大。

在那些合影里，外婆总穿着老式斜襟盘扣上衣，齐耳短发用夹子别在耳后，手里拿着一顶草帽。

在一张照片里，我们几个孩子在凉亭玩，弟弟和我童年的玩伴——一个叫忠的男孩——在石鼓处挥拳而立，炫耀着男孩用之不竭的力气；而系着发带的我环抱亭柱，噘着嘴，用一种不服气的神情打量着他们。

二十多年来，照片中的人逐渐长大、老去、凋零，秋翁院也早已荒芜，照片却始终都在相册里，从来没有变换过位置。那些画面上浮动着一种光，那是来自岁月河底的微光。

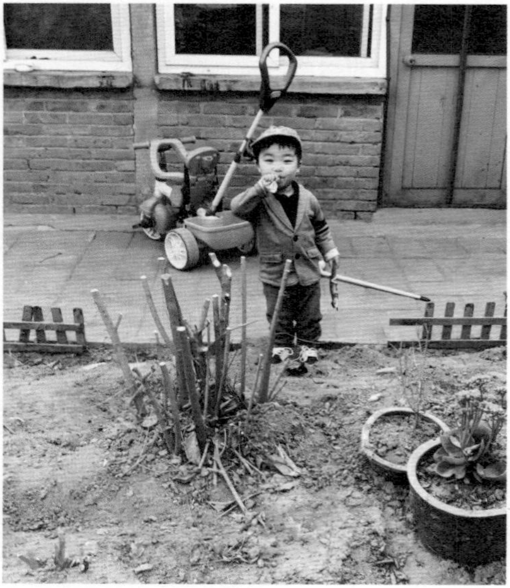

要下雨了

人们都下山了，只有我俩还滞留在这片接近山顶的坡地。

小米在我怀里沉沉地睡着，浑然不知天色转暗，眼看就要落雨了。一大块乌云压在我们头顶上方，因为饱含水汽而沉甸甸的。这让人担忧的时刻，却是昆虫捕食的大好时机，成千上万只蜻蜓在我们头顶上空盘旋，追逐气流中的蚊虫。

石径上已鲜有人迹，而小米还没有醒。在距离我们几步远的地方，一只蝴蝶始终陪伴着我们；有一会儿，它被行人的脚步惊飞，很快又回到原地，轻轻合起缀有黑色斑点的翅膀，一动不动地凝视着我们。

在不知哪棵枞树的枝头，秋蝉奋力震颤喉间的琴弦，仿佛知晓有人在聆听。

山环绕着我们,潮湿的风从谷地吹来。如果下起雨,这陡斜的坡地是无处可避的。

小米,到了那时,我们只能像上山途中遇到的骡马那样,垂着头,一声不吭,任雨水沿着脖颈滑落到衣服里去了。

铁树

"铁树开花啰!"我们在屋里听到父亲的喊声,立刻跑出去看。

一早他去院子干活,爬上梯子一打量,才发现铁树开花了。铁树的叶子又浓又密,从地面上根本发现不了里面的花朵。

我们小心拨开边缘尖利的叶子,出现在眼前的是一团杏黄色的东西。它一点儿也不像花,没有花瓣,只是无数羽状物聚拢在一起,看上去像一团凝固的火焰。

算算,这株铁树快有四十个年头了,最初不过是外婆用两毛钱买来的小苗。铁树是皮实易养的植物,只要一点儿水就能活,这么多年来,它已繁衍出好些后代,无不硕大丰饶。

无论阴晴寒暑，它们都护卫着宅院入口，那看似凤尾般华美的叶子其实坚硬如铁铸。

外婆一直照料着这些铁树。直到她去世七年后，这奇异的花儿才悄然绽放。我们望着它，它似乎也回望着我们。人会转世为花吗？或者，这是另一个世界的外婆用一种隐秘的语言向我们述说着什么？

我们试探地伸出手，而它，在我们的触碰下，宛如一颗随时会颤动起来的心脏。

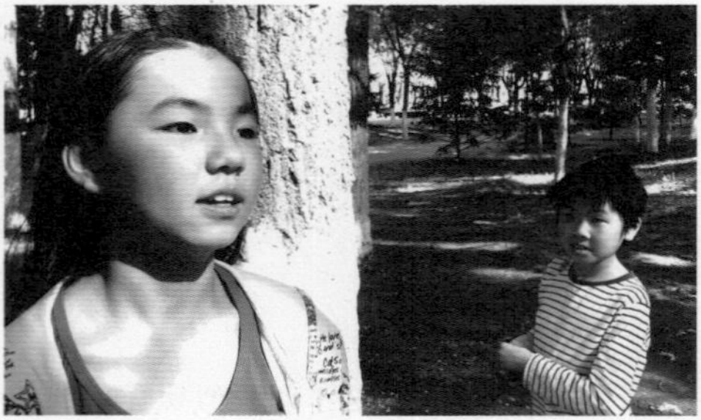

七月半

这是等待黑夜来临的空当。晚饭后,趁着尚有余光,各家各户都在门前或路边码起纸钱。有的只是堆在一起,如果是心细的人家,会把纸钱垒成一个个圆锥。

现在,人们三三两两坐在一起,却不像往常那样聊得自在。大家都放低了声音,话题断续,生怕惊扰到过路的亡魂。阵阵细语忽然被一阵歌声打破——一个醉汉蹒跚走近,唱着歌,穿过因堆满纸钱而全然改观的道路。他一副浑然忘我的样子,既无生之烦扰,亦无死之忧惧,任人们向他投掷讶异的目光。

他渐渐消失在后巷,歌声仍隐约可闻。

夜幕降临。纸火沿街摇曳。一阵风无声地游窜过来,以冰凉的手指翻捡着张张冥币，随即蛇一般滑入后巷。

人们守着火堆，时而添几张纸钱，时而洒上一盅陈酒。从记忆的灰烬中，一些往事被捡拾出来。人们谈起故人，话头又忽然转向自己：

"等我百年后，把骨灰撒进河里，什么祭品都不要。人死灯灭！"一个男人说。

"要是人死了，灯还不灭呢？"一个女人问。

没有人回答。

火光在人们的脸上跳动了一会儿，渐归熄灭。大人收拾东西回家，只剩下孩子们饶有兴致地在灰堆里来回拨弄。

立秋后的夜晚已略显清寒，家家紧闭门户。沿街一堆堆的灰烬里不时有火光闪动，忽明忽暗，逐渐式微，像将死之人最后的呼吸。

在小城上空孤悬着十五的月轮，它硕大而浑圆，却被全然遗忘了，扰动它的只有薄纱般的流云。

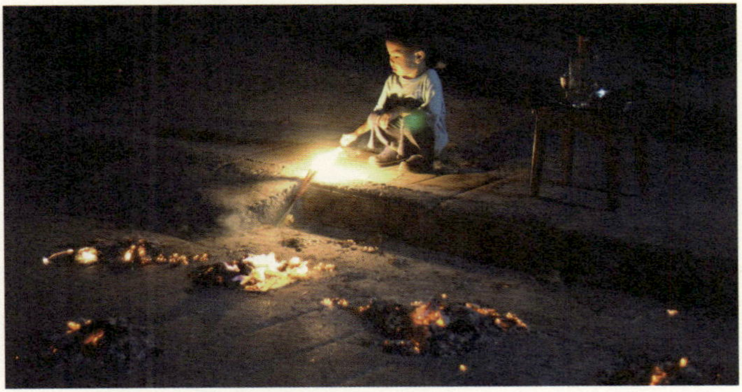

九月末,遥寄友人

前年深夜你来电话,只为说桂花已开。

那时你正站在一棵桂树下,孩子一样惊呼着。而我彼时窗外只有黑暗,月影下闪着一小片槐树、几棵白杨,连同北方业已沉淀下来的干燥尘土。在城郊荒芜的灯光里,我聆听你描述桂花香气。我仿佛能看见你黯淡的身影站在某个南方的街角,在你头顶,树冠凝滞如云,簇簇小花浮动,馥郁之气幻化成形,带着暗金色假面围绕你嬉闹打转。

此时,又是桂花盛开的季节,却是我南你北。我见到了你未曾描述过的景象:桂花从枝头跌落,金箔闪耀的秋日,回旋呼啸的细雪。

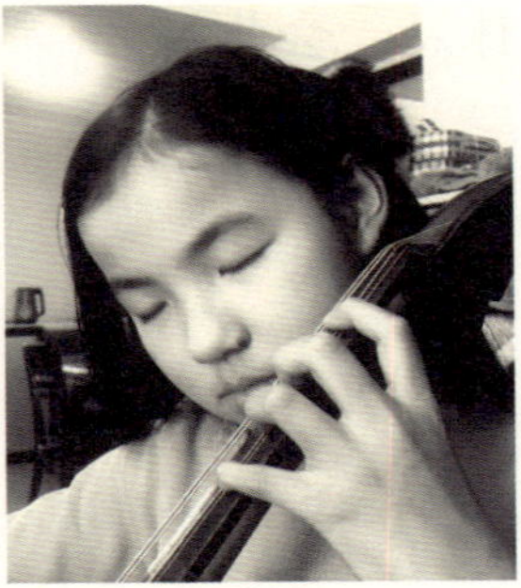

休息一会儿

　　小米，让我们休息一会儿，我们已经走了不少的路，汗水湿透了背襟，而石阶还在陡直攀升，像是要通到天上去了。

　　让我们在前面那棵大槐树下休息一会儿，像它那样把脚扎进泥土，将手臂伸展在风里，我们灵魂的叶片也会快活地沙沙作响。

　　在我们脚下，一大片城市陷落在谷地，其上空盘旋着混沌不清的嗡嗡声，那就像是被我们从这里投掷出去的一个巨大蜂巢，发出落寞而无助的哀鸣。

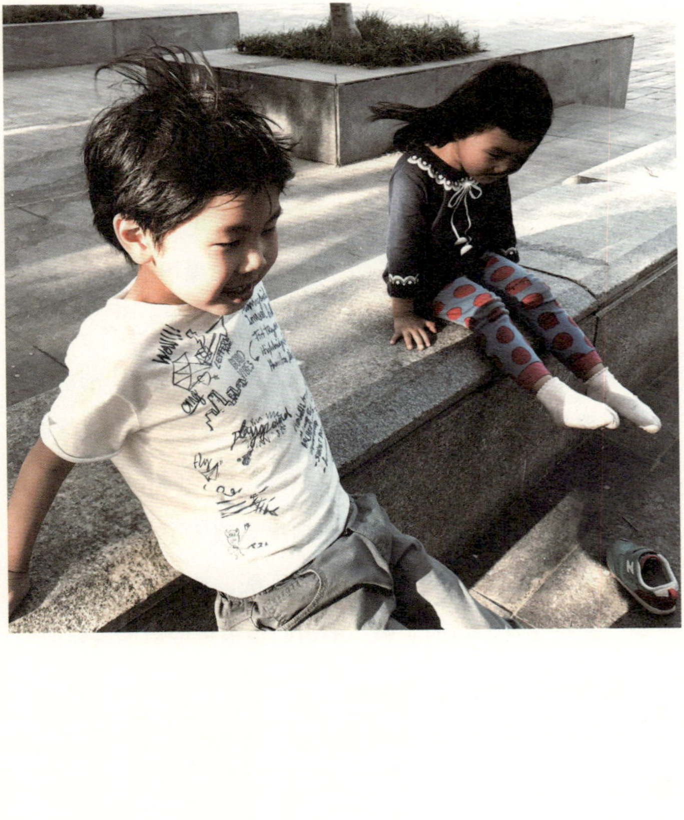

星光下

孩子们搬来小板凳,一个接一个摆在操场上。这是他们的火车。不知不觉间,夜幕降临,星星爬满了天空。

"小瑶,你在看什么呀?"依依一边摆凳子一边问。

小瑶是卖货人的女儿,来这条街有一阵子了。她爸爸租下附近的门面卖货,不管有没有顾客,总是闷在店里。女孩在柜台边写作业,玩娃娃,咬着指甲,待久了,就隔着玻璃打量路人。她留着短发,由于经常不洗,刘海一绺一绺贴在前额。这对父女不在的时候,街坊们会语带怜惜地谈起他们:孩子还这么小,就没了妈妈。

小米和依依常在街边跑来跑去,渐渐的,几个孩子就熟悉起来。

"我在找我妈妈。"小瑶坐在火车上,仰望着星空。

"咦,你妈妈在天上啊?"依依跑到她身边,惊奇地问。

"嗯!"小瑶点点头,"我妈妈死了,爸爸说,她变成天上的星星了。"

"你妈妈是哪一颗呀?"小米也跑过来。

"嗯……"小瑶想了想,"肯定是最亮的那颗。"

三个孩子前前后后坐在火车上,一齐仰起小脸。

"这颗是最亮的。"

"不是,是那边那颗。"

"这里还有。"

这一夜,所有的星星都很明亮,所有的星星都眨着眼睛。

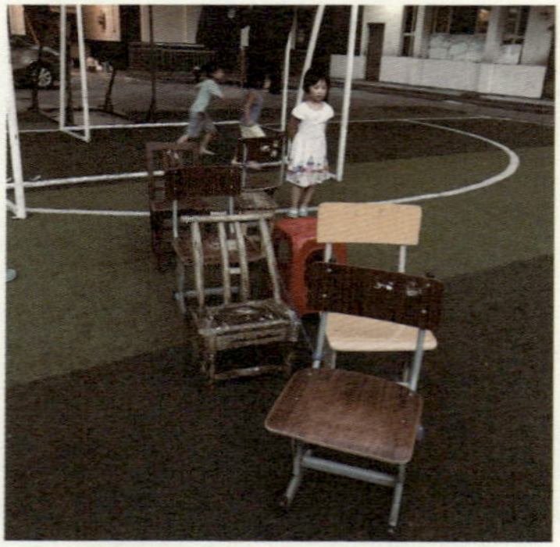

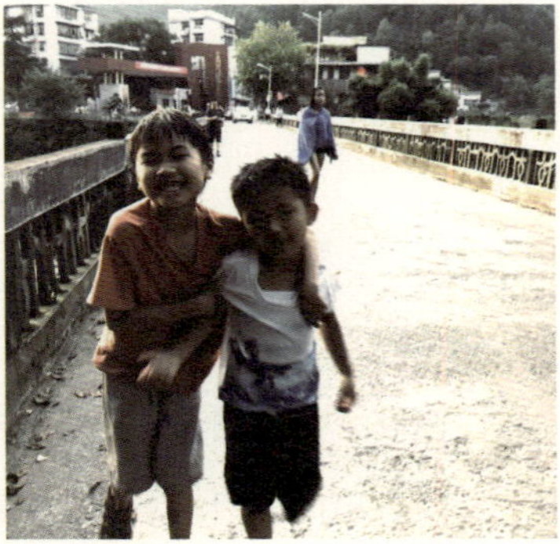

拜菩萨

"阿婆,出门啊。"路人都这么打招呼。

"哎,出门出门,"外婆笑着回答,"和孙女拜菩萨去。"

每次外婆拜菩萨,都是我陪着去的。她身后背着一个大背篓,里头装有香烛、糖果,还有一个熏成金黄色的、油汪汪的腊猪头。

我们穿过街巷,走向一座小山。石阶蜿蜒而上,一眼望不到头。

"阿婆,还有多久啊?"没爬多久,我就开始冒汗。

"快了快了,马上就到。"外婆说,"见了菩萨,才好保佑你考好大学哟。"

小庙在半山腰上,爬到中途,外婆也开始用袖口揩汗了。

不过此时已经可以看到寺庙缭绕的香烟了。

外婆是老施主,对庙里的一切都轻车熟路。她把贡品一一摆出来,码得齐齐的,再点燃香烛,磕头祈祷。她有好多想要菩萨保佑的人,每份心愿都是不一样的:希望表姐找到好对象,希望我考上好学校,希望弟弟长得壮壮的。菩萨坐在佛龛上俯视着我们,眼睛眯成一条缝,金色的脸上浮着一抹神秘的微笑。

拜完菩萨,外婆又把贡品一一装回背篓。

"菩萨不吃吗?"我问。

"菩萨哪能吃啊,闻闻味道就可以啦。"

可我不能只是闻闻味道,走了这么多路,肚子早就咕噜咕噜叫唤了。

于是,外婆带我去寺庙的后厨盛饭。虽然都是些小菜——豆腐(偶尔和了山里的菌子)、时蔬和几样酸菜,却比过年的鱼肉还好吃,散发着一股菜籽油的清香。

我和外婆总捧着粗瓷碗蹲在院子里吃,从那里可以看到层层远去的山。

"这个你爱吃,多来点儿。"外婆把菜从她碗里拨到我碗里。

我大口扒拉饭菜。山谷送来徐徐清风,把身上的汗吹干了。

菩萨真的听到了外婆的祈祷,我考上不错的大学,去了很远的地方。我再没为外婆背过香烛,也再没机会和她一起走山路,去吃可口的斋饭了。

雨中漫步

雨一直在下，落在雨篷上，发出一粒粒干脆又结实的声响。几只麻雀在柳梢摇荡了一会儿，又互相追逐着消失在雨幕中。

我和小米终于也按捺不住出门了。

秋雨不如夏雨一般畅快。它纷纷扬扬地洒落在池塘，让曾经清亮地倒映着树影的水面变得浑浊，四周的楼宇也在雨雾中失去了轮廓。

一片凄冷，一片孤寂。小叶榕和绿黄葛树的下方，散落着大片发黑的落叶，好似盂兰盆节的灰烬，唯有杜英在冷雨中蓬勃地燃烧着。小米将湿漉漉的红叶攥在手中，我们经过芭蕉丛时，他又想起上次藏在里面的树枝，它不知已被什么人折断，丢弃在了路边。他拾起树枝，一路小跑到池塘，伸入水中。"好大的鱼哎！"他喊起来，并高高举起钓竿。我擒住那虚无的鱼儿，把它装入随身的布袋。此时，他的帽子、风衣已被雨浸透，而我的鞋袜也无一干处，如赤脚走在雨地。

小米，我们无鳞无羽，终究是不能在雨里自由来去的，我们亦比不过那池中荷叶，虽渐趋焦枯，仍能将细雨淬炼为一颗颗随风滚落的珍珠。

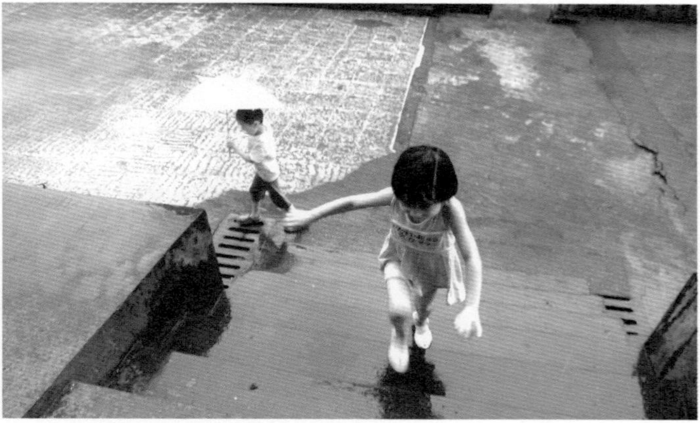

中秋

天黑后，在街头、公园、河边或是大桥上，到处是出门赏月的人。月亮还没有成形，如稀松的蛋黄垂挂在东方的天上。我们抄近道回家时，始终没有月光照亮前路。

直到夜深，月亮才终于攀至天宇中央，它被这一段旅程打磨得硕大而明亮。

凛冽的光辉朗照大地，又将四周的云层映得宛如白昼。可是此时，早已无人看它了；人们沉沉入睡，窗台的花儿也在阴翳中困倦低垂，整座屋子悄无声息，只有一个人仍醒着，在月光里晾晒往事。

去墓园

那天,我跟母亲说,想带小米去看看外婆。外婆是在我结婚那年去世的,婚礼在春天,葬礼在秋天。

去墓园,要先走羊肠小路,穿过火车桥洞后,通过一片老居民区,再上山,直到半坡。

到了那片民居,母亲已是晕头转向。这里变了样,房子多了,路也复杂了。四通八达的巷道看起来全都可以上山,但走了一阵才发现是死路。我们退了回去。

午后,家家大门紧闭,也没什么行人可以问路。可就算能找到人,又怎么跟他描述我们要去的地方呢?那片家族墓园,是很多年前外公从一个农户手中买下的菜地,它坐落在半山腰,背倚青石岩壁,前方视野开阔,可以俯瞰全城的景色。外公似乎生前就已打算好,要在这里继续守望繁衍生息的子孙。除了一根电线杆,那里没有什么特殊标志,年复一年,我们只能凭着记忆走向外公和外婆的长眠之所。

母亲让我们留在原地,自己前去探路。四五个孩子出现在巷口,头凑在一起不知道在玩些什么。小米咬着手指很认真地看着他们,几只狗无所事事地游荡。

"往这边来。"母亲远远地招呼我们。在白日的强光里,她的身形缩得很小。

这次,我们终于穿过这片民居,找到了山路。一路上是一畦畦菜园和果树林,白菜、红菜苔看上去都已经成熟了。

七年前的九月,天刚蒙蒙亮,我们便护送外婆的灵柩出发了。送葬队伍在绵绵阴雨中穿过街道。这个城市正从夜晚的困倦中苏醒,行人和车辆渐渐多了,路边一个个早餐铺热气蒸腾。世界是多么从容不迫地重复着日常的节奏啊。送葬队伍的前头,乐师击打着锣鼓,声响淹没在周遭的嘈杂中,如同一出哑剧。

走上这片坡地的时候,雨忽然大了。路面湿滑难行,好几个壮汉抬着棺木,进一步,滑两步,瘦小的外婆此刻如有千斤重。雨敲打着棺木,像是外婆在哭:

"不想走啊,不想走……"

路越见狭窄,时而隐没在碎石和荒草中。母亲将装满香烛的包托付给我,自己背起小米,在灌丛间寻出一条路来。小米双手搭在母亲肩上,头转来转去,四下张望。他还是第一次走进这种夹杂着菜园和荒地的山头呢。

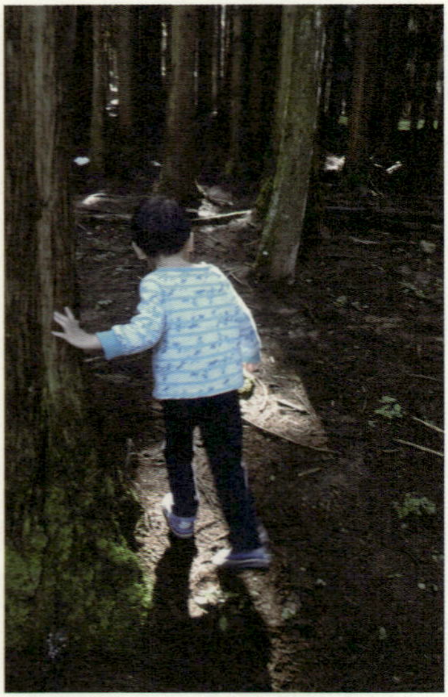

林中囚徒

小米，你还记得玻璃屋和小鸟吗？那个秋天，我们常常去一座小山玩。山顶有一片樟树林，林子里有一间玻璃小屋，不知道是谁修的，也不知道有什么用。

那天经过小屋的时候，一个晃动的影子引起了我们的注意。它隔着玻璃张望徘徊，一见我们走近，就立刻躲到桌子下面去。

那是只尾羽纤长的鸟儿，好像是八哥。屋顶有一块掀开的盖板，它是从那儿进去的，只要再飞起来，就能找到出口；但显然四面的玻璃让它昏了头，想必它扑腾过一阵儿，因为地上散落着好些羽毛。

第二天，我们回到那里，发现它还在。它将自己藏在某处，可能是觉得不安全，便又迈着细碎的脚步奔向另一个角落。

我们望着林中小路，那里始终没有人来，等待让我们变得和鸟儿一样焦躁。我们尝试着用力推动门扇，系锁的铰链竟然松动了，露出一条足以让鸟儿出入的缝隙。

我们高兴极了，急切地模仿鸟叫，想唤它过来，它却只是远远待在另一边，来回转动它那小巧的头。

天色渐渐暗了，下山前，我们在门边放了一颗果子。

再回到树林，屋里已没有鸟儿，只在门边留下了一道浆果拖曳的痕迹。

它是晚上离开的吗？引它走向出口的是那颗果子，还是缓缓渗进小屋的树林气息？当重获自由的它终于可以伸展羽翼，会不会形如一张满弓？

小米，不知道当它飞越树林，掠过那间玻璃小屋时，是否还会记得做囚徒的日子？是否会想起在屋外徘徊张望的我们？其实我们也是囚徒，被禁锢在看不见的时间里，就如鸟被禁锢在玻璃小屋中。那个秋天，我们总去往那无人的山顶，一次又一次的，看黄昏在我们眼前燃尽，将片片苔藓染成金黄。你常用一根树枝在落叶里犁出道道痕迹，潮湿发黑的泥土显露出来，植物腐败的气息在向晚的风中弥漫。

枯蓬

池塘里，几个身穿连身胶衣的工人正挥舞镰刀，收割枯萎的荷秆。他们的脚步搅动了池底的淤泥，一股股潮意奔涌四散。

卡车将满载的荷秆运走，只在池边落下几颗莲蓬，干枯发黑，莲子早已尽失。小米在樟树下拾起一些果子，嵌进那些失神的"眼眶"；这下，莲蓬不仅重见光明，还拥有了好多只"眼睛"。它们见惯了盛夏的烈日和骤雨，却是第一次见到秋季天幕下静静燃烧的红叶和一朵朵明黄的雏菊。它也是第一次见到蹦蹦跳跳的小人儿，他擎着一截枯枝，有如手持黄金权杖，两旁的绿黄葛树为他举起一柄柄华美的伞盖。就是他给了莲蓬新的光明。

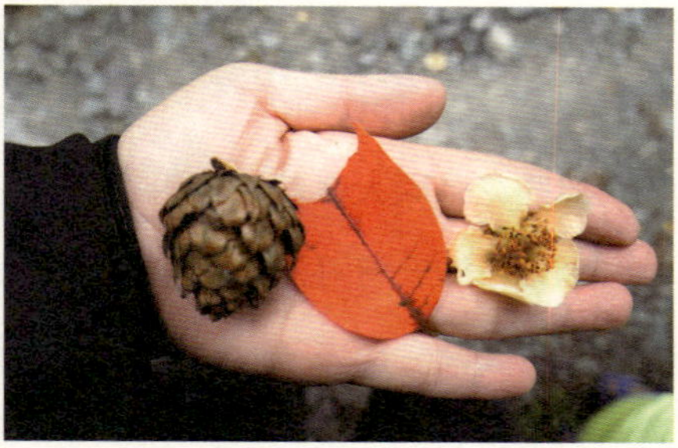

菊花

　　银杏的金扇早已摇落，槭树的红叶也变成了枯爪。眼下，菊花是唯一的明艳。

　　那些花朵硕大金黄，在阴冷的天空下无声地燃烧着。每一次寒流、每一场雨，都让这秋日的火焰变得更加明亮。

　　只有夜晚会褪去它们的颜色，远远看去，如浑浊的雪。

　　如果连它们也凋谢了，小米，那我们要靠什么来捱过整整一个冬季呢？

157

池塘

小米，我有时会想起那个池塘。我们常一前一后走在那条水边步道，你落在后面捡拾各种东西，落叶、果子、石头、柳枝……雨穿着银色的舞鞋，一路跟随着我们。

我们踏过步道的每一块石板，石缝间溢出了青草，它们柔软厚实，如动物后颈的皮毛；我们看过水边的每一棵老树，它们一副被季节遗忘的样子，始终是苍翠湿润的。

小米，每次去池塘边，你总是一个人重复着同样的游戏——因为某片红叶或是看不见的鱼儿惊呼。雨停了一会儿，又再次落下来，打湿了你的连帽风衣。

有时，我们走进水边昏暗的树林，没有时间也没有记忆的树林。只有我们和几个抄近路的钓鱼人搅动着那里的空气。

一片小叶榕生长着,气根从枝头垂落下来,扎进了泥土,如同一根根绷紧在空中的琴弦。

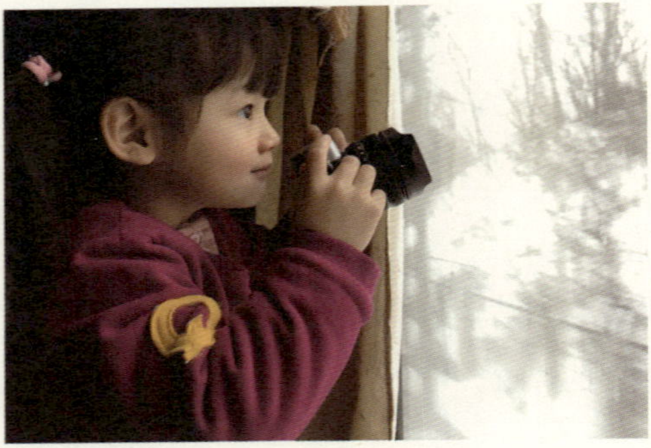

冬

河畔小屋

　　街边分岔口连接着一条倾斜的泥泞小道，在那里走上一会儿就能到河边。我童年时住过的小屋就伫立在那一段河堤上。

　　覆盖着油毛毡的砖砌小屋原本是做豆腐的地方，临时安置给了没有住房的职工。父母带着我们搬进其中的一间，一夜之间我们有了很多邻居，他们都住在沿走道一字排开的房间里。走道既是来往之地，也是油烟滚滚、锅碗瓢盆合奏的厨房和孩子的游乐场；当人们吵架、哭诉、聚众取乐，它便把各种流言蜚语传递到各家门前。

　　接近年尾，走道有了特别的味道。每家每户都挑来上好的肉，用盐和香料腌制，挂到走道高处。在烟火的烘烤下，一滴滴热油滚落到火里，接连发出噼啪、滋啦的声响，仿佛提前点燃了除夕的鞭炮。有一年，火烧得太旺，肉又格外肥，火触到肥肉轰地腾起，点燃了油毛毡屋顶，小屋顷刻变成浓烟滚滚的火场。住户们倾巢而出，有惊叫逃散的，有打水救火的，仿佛是灾难片中乱哄哄的场面。虽然当时的惊吓早已随着火势一同熄灭了，但那喧哗又刺激的记忆却始终未曾褪去。

即便夜里，小屋也常有事发生。有一次母亲喝得大醉，瘫坐在椅子上，人事不省地呕吐，说着胡话，却紧紧抱着弟弟不愿撒手。年幼的弟弟吓得哇哇大哭，引得左邻右舍纷纷钻出热被窝，跑来劝说。母亲钳住弟弟的双臂无论如何也拉扯不开，醉酒的人仿佛变成了钢筋铁骨，坚不可摧。那时的我站在屋子一个僻静角落，默默注视着眼前的场景——母亲大醉的模样、父亲紧皱的眉头、人们纷乱的脚步、在斗室里来来去去晃动的身影，所有这一切都笼罩在苍白的日光灯下，显得遥远而不真实。弟弟放声大哭，却又好像没有发出声响。我远远想象着母亲膝头的温暖，一只小甲虫开始啃噬我的心。

工作日，大人们陆续上班，孩子也被送往学校或幼儿园，小屋变得清净。有一次逃学回家，我没有钥匙，在门口徘徊时，听到老师尾随而至的声音，只能慌不择路地攀上走道的一架木梯，猫腰藏在墙头。

我俯视着走道里的幢幢人影，因为紧张和兴奋，胸口怦怦直跳。这时我突然想起，身后的屋子刚刚有人上吊死去，他仿佛正铁青着脸，伸出长长的舌头，从背后向我伸出手来。一股凉气有如利刃直插我的心脏。

在暴雨连天的季节，小屋曾是我的船。河水一直上涨，吞没整个河堤，直到距窗口一两米的距离才停下。一截竹枝绑根棉线系上重物便是钓竿，我从窗口伸出这无饵的钓竿，任由钓线在浊流中漂荡。

河水携带各种漂流物滚滚流逝，一蓬杂草、一截枯枝、一只鞋、一个玩偶……在这里或那里，河流卷起小小的漩涡，它们变幻着、运动着，消失又重新来过。

我把自己的钓竿遗忘了。

夜里，只有无聊的孩子还没有睡着。浪花轻拍着外墙，那是河的邀约。小屋于是真的应了那邀约，追随漂流物而去，它们一同在漩涡里漂流着、回旋着。

悄无声息地，不知何物，不知何时已沿着钓竿爬进房间，在幽暗中睁着晶亮的眼睛凝视着我，它的身子湿漉漉的，淌了一地的水。

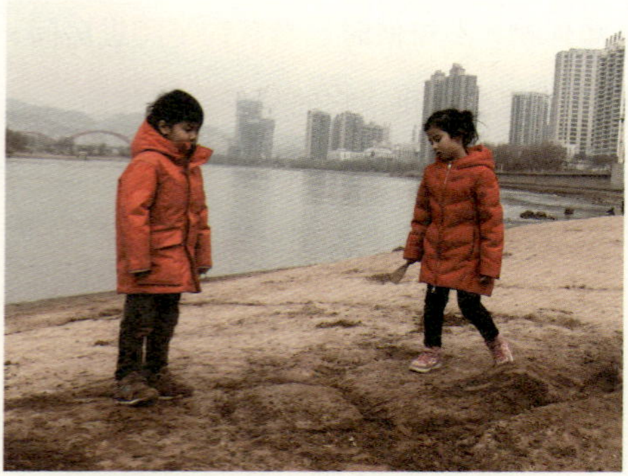

青海

青海是我堂哥,他在这个世上的最后一眼,看到的是南方夜景,灯火辉煌的,很美。

青海住在苗寨里,那里人少山多,房子建在坡上,地也是从坡上开出来的。寨子不通水也不通车,只有一条土路翻过座座大山,把它和外界连在一起。

青海长到二十多岁才第一次离开家,他要去南方打工。一些先去的同乡都变得阔气了,回乡盖了新房,娶了媳妇,他家却还是几间漏风漏雨的木板屋。

他和几个伙伴一起走了很多路,转了各种车,这才来到大城市,借宿在一位同乡家里。

那是他在大城市度过的第一个晚上,他怎么也睡不着觉。

楼太高了，离地太远了，像孩子搭的积木一样不稳当。他躺在床上，想着最近发生的事，感觉跟做梦一样；山外面竟然这么大，有这么多人，还全都说着他听不懂的话。在苗寨里他耳聪目明，能听到另一个山头的歌声，现在，他却成了聋子，也成了哑巴。这一切让他感觉好慌。他在床上翻来覆去好一阵儿，怕吵到同乡的好梦，就一个人悄悄出了门。

他在小区里转来转去，脚一落在大地上，他就感觉踏实多了。四周尽是高楼，一栋栋灯火通明的，却看不见天上的星星。而乡下的星星多得简直吓人，天又那么黑，每颗星星都像在流水里洗过似的晶亮。要是那时下河洗澡，水里全是星星，会让人分不清是在天上还是地上。

"哎，你干什么的？"有人在身后大喊。青海听不懂那些人喊了什么，他一回头，只看到晃眼的电筒光柱，光柱后有几个黑影，手里都拎着棍子。

于是他跑，撒开腿地跑。

"站住！别跑！"那几个人紧追上来。

"抓小偷啊!"有人这样喊起来。

青海不知道该往哪里跑,若是在乡下,去再深的林子他也从不迷路,树和树是不一样的,石头和石头也是不一样的,它们都会为他指路;可现在,不管往哪里跑,都是一样的楼、一样的路,他分不清自己是在往前跑,还是在绕圈。

那些人追了上来,围拢在一起,拳脚和棍棒暴雨似的砸在他身上。

青海双手护着头缩成一团,然后慢慢松开身体,仰面朝天躺在地上。他眼睛里映着灯火辉煌的南方城市——很漂亮,像焰火一样;也像焰火一样,渐渐熄灭了。

白雪

白雪失踪好多年后,仍然是邻里间的美谈。它明明是只小小的哈巴狗,却敢向大狗挑衅,那次战役吸引了街坊们的围观。它毫无惧色,左右出击,竟让比自己身形大上好几倍的对手落荒而逃。白雪一战成名。

我们常想,白雪不怕任何狗,也许是因为,它根本不知道自己也是只狗。它是母亲亲手接生的,在一窝粉老鼠般的狗崽儿里,只有它被挑中并留下,成为我们家庭的一员。

它从没吃过狗粮,一日三餐都是牛肉,母亲把每一块都切成适合它下口的条状。"它这辈子恐怕吃了好几头牛哩。"提到白雪,父亲常常说这么一句。

母亲每天为它洗澡、梳理毛发,让它洁净得如同冬季的第一场雪。

在家里，沙发有白雪专属的位置，我们出游也从来少不了它。它总是脚步轻快地跑在最前面，像奔跑在永远的春天里，那矫捷的姿态被定格在一张张照片上。

可是，我们还没长大，白雪就老了。亮泽的毛发逐渐干枯脱落，露出一块块发红的皮肤。它变丑了，散发出一种洗不掉的味道。渐渐地，它摇尾撒娇时会被人推开。在因为迟钝而受到训斥后，它缩回自己的角落，不时发出几声呜咽。

它跑出门的次数来越多，时间越来越长。

有一天，它再也没有回来。有人看到它尾随着一条过路的母狗离开。

好一段时间，母亲四处去找，在各个巷道喊它的名字，它却没有像往常那样从某个角落冲出来，欢快地回应着，将两只雪白的爪子搭在母亲身上。

之后的几年，母亲有时会在街头看见一只酷似白雪的小狗，一路叫它，它却从不回头，径直跑到自己的主人身边去。

它是白雪吗？没有人知道。那只曾经骄傲，却笨拙地从高处跌落的小狗去了哪里？它找到了新的归宿，还是在世间流浪？

十几年过去，白雪大概早已不在人世。我们很少谈起它，但每次翻看家庭影集的时候，它的身影总是不断出现，忽而在这里，忽而在那里。其中有一张照片是除夕拍摄的，白雪被母亲搂在怀里，眼珠里映着焰火。

门口的椅子

它是椿木做的,低矮,带靠背。

那是一把坐着很舒服的椅子,脚可以稳稳地平放在地上,往后一靠,便能卸去背上所有的压力。它便宜,还经得起日晒雨淋。它一直放在门口,父亲从山上背水回来,或是干活的间隙总坐在那里休息。

冬天,屋里阴湿,室外反倒暖和,父亲在门口晒太阳、吃饭、搓衣服、跟各种人聊天,一天里他大多数的话都是在那里说的。夜里,他也会在门口坐一会儿,默默抽上一阵子烟,然后把烟头踩灭,哐啷啷锁上门。一天就这么结束了。

在父亲之前,那个位置属于外公。自从外公中风瘫痪了半个身子和一只眼睛后,他的白天都是在那儿度过的。那只一直瞪着的浊眼像是假的，不过那种古怪被他另半张脸慈祥的神情中和了。他个子高，脸长得周正，整天乐呵呵地坐在门口，活似尊罗汉。

据外婆说，外公年轻时是个俊秀后生，个子高，肤白肉嫩，在过年的游春队伍里扮的是蚌壳精。不过，这好样貌并没有给外公带来好运，他是老大，为养家做过挑夫和苦力；也曾出于义气，替好友顶罪入狱；文化大革命时因为出身被下放农村。但种种磨难并没有让他变成一个性格暴戾的人。在我的记忆里，外公只有一种形象，就是满面笑容坐在门口的样子。他在那里看老书、卷纸烟——把烟丝均匀撒在纸上，边沿用唾沫濡湿，在手心一撮，压紧，点燃。他夹烟的手指发黄，有茧。

夏天，他总穿着松松垮垮的白背心，虽大力摇着蒲扇，仍浑身淌汗。我们这些孩子就在他眼前叫着跳着，渐渐长大。我们曾拍过一张照片，外公就穿着那样的白背心，我们一群孩子在他身后站成一排，他很开心地笑着。

有一天，门口的椅子空了。那个除夕，外公是在医院度过的。过完年，舅舅们把外公从医院抬了回来，但他再也没能坐上那张椅子。不久，他就离开了人世。

青春年少时，人们不在门口停留，从来只是经过，因为总有事要忙；当他们的脚步迟缓下来，才会注意到门口的那把椅子。

现在，那把椅子常常是我坐。我在那儿晒太阳，一边看书，一边守着在院子里玩的孩子。

虽然坐在同一位置，我和外公看到的景象却并不相同——四周的瓦屋早已变成楼房，电线攀缘缠绕。只有南方的天空依旧没有改变，多云，并呈现出一种富含水汽的灰蓝色。

我们的院子仍然在这个坡顶摊开，年复一年，斑斑点点的苔藓渗入了水泥地面。逢年过节，大家聚在一起，院子总显得太小，小得盛不下那么多欢闹。到了深夜，只一个人坐在那里的时候，它又显得很大，大得足以容纳你所有寂寥的回忆。

一天夜里,我们坐在门口:我坐在椅子上,小米坐在我的腿上。月亮在云层里不停游走,不时在墙壁上映出一道银色。

"月亮要去哪里啊?"小米指着月亮问。

"她要回家。"我说。

我们也起身回家,只有椅子还摆在那里,像在等待着什么,像在等待着谁。

寒梅

　　眼前的梅树让我恍然回到去年，那时，我常和母亲带着小米到林子里玩。林里有成片的樟树、水杉、红枫，那几株梅树一直枯枝横斜，毫不起眼。腊月的一天，它突然开成了一片繁盛花海。单瓣的白梅轻盈如雪，复瓣的红梅则团团簇簇压弯了枝头。天气湿寒，阴云密布，唯有梅林热烈、肆意，萦绕着惊呼和笑语。我们边跑边笑拍了不少照片，自己拍，也不时被叫去给相识或不相识的人拍。花香幽浓，赏梅的人个个笑得任性，仿佛带了几分醉意。我们玩累了，便坐在树下喘气，听任红霞在头顶变幻蒸腾。小米拾起一朵落梅，它是那样温驯地贴服在他摊开的小手上，轻薄的裙裾在风中颤抖。

眼下是深秋，梅树仍是一丛枯枝。但寒流在其体内漫游，即将催生出火红的花朵，在严冬万物消歇之时。

我恍然已听到梅花怒放的轰响。

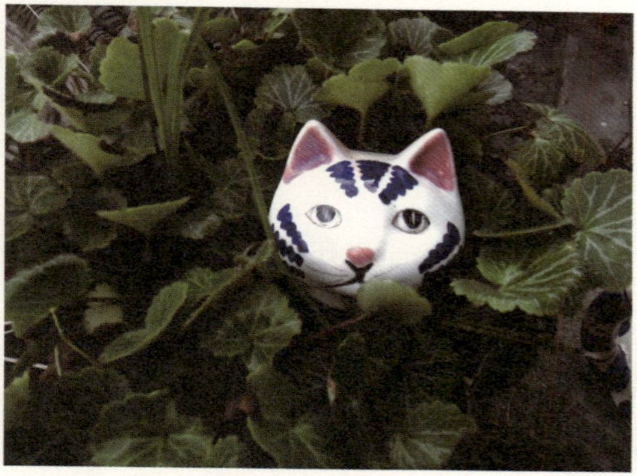

新年前夜

一对夫妇带着孩子坐在贴墙的那一桌,仿佛有一个无形的玻璃钟罩把他们和其他人隔绝开了。

转眼就是新年。

这一夜,小餐馆里座无虚席。人们穿着暖和的外套坐在一起,彼此挨得很近。碰杯声、火锅汩汩的沸腾声,以及屋外的音乐交织在一起。

而他们,这对心事重重的夫妇只偶尔交谈几句,多数时间都在沉默。那位父亲嘴唇紧闭,帽檐的阴影落在脸上,在他身旁,时间正奔腾而过,涌向毫无把握的又一年。那位母亲的眼光一直追随着孩子,小男孩为四周的气氛所感染,爬上椅子又唱又跳,食物散发的热气模糊了他的笑脸。

这热气弥漫着，似不可知的命运在他们头顶盘旋。
　　那位母亲突然扭过头，长发随她的动作飘荡，遮挡了她的脸庞。

大舅

自从大舅离开后,院子就变得冷清了,只有酢浆草在角落寂寞地开着。

我们和大舅家共用一个院子,他喜欢盆景,零零散散地在院子里摆了好几盆。

"这个是文木。"

"那个嘛,叫金弹子。"

他踩在板凳上修修剪剪,我凑过去看他,他边干活儿边给我介绍。在嚓嚓声中,那些植株渐渐成了形。

他也喜欢野花,爬山时会随手采些回来,但不知道叫什么名字。

"大舅,这个是酢浆草哟。"有一回,我悄悄查了之后,告诉他。

"哦，这么个名字。"他沉吟着。

"嗯，如果有四片叶子，就是幸运草了。"我们一起望向那些叶子，一个四叶的也没有找到。

下雨天，他坐在屋里头，你看不到他，但总能知道他在——屋内不时飞出一块瓜皮、一截烟头，也会传出各种声音：拖鞋的趿拉声、模糊的谈话声、金属保健球在手里来回转动的撞击声。雨小了，他就背着手走到门边，望望天色。

天气好的时候，我们常并排坐在门口。他偶尔讲起这片街区从前的样子——这里是一片橘林，那里有一道城墙、一座庙宇，和尚们是怎样在城墙上绕行念经的。他也讲他去过的林子,那林子里盛产野味。

"你晓得为什么枞菌会长在枞树下面吗?"

我被问住了。

"不晓得了吧。"他顿了顿,"这是因为枞树的花里有菌种啊!"

"哦,从来都不知道呀。"我瞪大了眼睛。

我们又说起山上的蕨。好吃,但不能多吃。

"要是采得多了,焯过水,就放在冰箱里,慢慢吃。"这是大舅的诀窍。

一天回家时,我看见自己常坐的那把椅子上放了一大把野菜,那是刚采下的蕨。

到了冬天,别人家都用上了电暖器或者空调,只有他还在门前烤火。火盆里放上几块木炭,他在一边呼呼地扇着,忽强忽弱的火苗里窜起烟和成群的火星。

黄昏,常有几位老友来看他。老人们坐在院子里闲聊,互相交换着某某离世的消息,那时大舅还不知道自己也身患绝症。渐渐地,夜色吞没了他们,偶有觅食的蝙蝠掠过低空。

大舅离世后,没有人在门前生火了,也再没有谁会在我的椅子上放上一把野菜。

盆景被卖掉了,只有那株酢浆草一直放在角落,默默开出许多紫色的花来。

帐篷

小米,来吧,坐到我身边,在演出结束之前。

在我小的时候,曾有一个布幔围拢的舞台——在那个已不存在的广场,在那些早已消逝的黄昏。

每次流动马戏团进城的时候,孩子们的节日也就到来了。总是毫无征兆的,它出现在广场的一角。那几天,因为一群魔法师的到来,城里会弥漫着一种不同寻常的气氛。一到黄昏,召集观众的锣鼓便响彻全城。

我们这些孩子成天在周围转悠,手揣在口袋里(里头的零钱还不够买一张票),装出满不在乎的样子。一旦找到可以窥视的缝隙,便头碰头挤在一起,然而只能看到一片黑压压的后脑勺。不时响起的掌声、惊叫和欢笑,增添了我们心里的惆怅。

  终于有一天，我们凑够了买票的钱，可以跟在长长的队尾，一步一步接近那幽暗而神秘的入口。

  一坐上阶梯状的观众席，我便瞪大了眼睛——现在的我已经分不清，那些场景是真的发生过，还是一场梦——手帕里飞出鸽群，纸片如雪般飞扬，眼睛浑浊苍老的大象，还有压轴的美女蛇游动而出。当肮脏的帷幕缓缓拉开时，你会忘掉呼吸。那是人与蛇不可能的结合，此刻正活生生地出现在眼前。她微笑、唱歌、回答观众的问话，有时引来一阵阵笑声。

  而我坐在那里，动不得也笑不了，被一股神秘的力量俘获。她为何那样望着我，仿佛只有我一个观众；她为何那样地笑，仿佛喉咙里颤动着猩红的芯子，发出嘶嘶的声响。

演出结束，我跟随人流离开，外面的世界显得多么苍白无趣啊！

过上几天，马戏团会悄无声息地消失，广场又变成了人们散步、运动的地方，好像什么也没有发生过。

来吧，小米，坐到我身边，在演出结束之前，在幕布合拢之前。

绿豆糕

　　好长一段时间里，我都做着同一个梦：外公躺在棺木里，但并没有死去。

　　外公生前就做好了棺木，它放在院子一角的杂物房里，是杉木做的，刷了桐油，乌黑。它并不起眼，但你总能感觉到它在那里，仿佛能吸纳世间所有的颜色和声音。

　　几米开外，偏瘫的外公一直安坐门口，一副与世无争、乐天知命的样子。被外婆当众数落时，他也只是笑呵呵地听着，从不回口。

　　每逢周末我从学校回家，他总会从口袋里摸出些零钱塞到我手里。我用这些零花钱买过大块表面雕花、闪闪发光的金币巧克力。

后来我去上海读大学,外公很开心,他一辈子从没走得像我那么远,只在早年做小生意时,跑过沅水沿岸的一些码头。

我看到了黄浦江,那里的码头比沅水边的大多了。岸边有巨大的石头房子,带着数不清的立柱、穹顶和钟楼,江上游轮穿梭,汽笛声阵阵。那时的我从没想过,水和水是连在一起的,只要逆流而上,就可以到达外公年轻时逗留过的地方。

第一个暑假结束的时候,我去南京路给他买了一盒绿豆糕,包装纸上印着红字"上海特产"。

"上海好玩吗?"外公问。

"好玩。"

我把绿豆糕放在他手上。

他很喜欢,一块接一块,很快吃完了整整一盒。这引起了肠胃的剧烈反应,连续的腹泻让他变得十分虚弱,不得不躺下休养。过了一阵子,春季前的某一天,一大群人忽然涌进外公的房间，七手八脚把他抬到医院。

突发脑梗去世——医学鉴定是这样写的，可我总想着，如果没有那盒绿豆糕，外公会不会活得更久一些。在我的梦里，每次他都会活过来，但他无法离开那漆黑的棺木，正如我无法摆脱我的梦。

每年正月初一，外公都会给我们压岁钱，用红纸包成好几串，每一串都沉甸甸的，一把撕开，崭新锃亮的硬币就叮叮当当落得满桌都是，让我们觉得自己比阿里巴巴还要富有。

而那盒绿豆糕是我送给外公唯一的礼物。

街角

　　一想起外婆，我的脑海里就叮叮当当的，响起金属刀叉落在瓷盘上的声音。回忆来自那家街角西餐店。

　　我读小学的时候，常常一大早就被外婆喊起来跑步。

　　"这么胖下去可不行啊。"外婆常这么念叨，"再不锻炼，身体要垮的。"那时候，我是个爱吃甜食、长得胖乎乎的女孩。

　　"就再睡一会儿，"我总在被窝里磨蹭，"我保证，就一小会儿。"到了冬天，一想到外面的阴寒，是怎么也起不来床的。可外婆心肠很硬，不爬起来，她就会一把掀开被子。

　　等我哈欠连连地走到门外，天还黑着，连星星都在犯困。寒气迎面袭来，我接连打了好几个哆嗦，睡意这才消退了。

　　我们一前一后跑上马路。那时没什么车，全城只有一个红绿灯。那么早,也没什么人,只有清洁工挥舞着大扫帚,发出唰唰唰的扫地声,每当他们走到清冷的路灯下,影子就坍塌蜷缩成一小团。

我们绕着小城跑,外婆一路打头,身轻如燕。她是在乡里长大的,从小野惯了,就算上了年纪,仍然脚步轻健。有一次碰到扒手,她一路穷追不舍,那人慌不择路,跑进了城中心的操场。两人绕着跑道展开了激烈的追逐,这引来好多人围观。当时,我正和朋友在操场上玩。我拉了拉伙伴的袖子,跟她说:"瞧,那是我外婆!"

我们跑着跑着,天一点点亮了起来。天空、房屋、街道都笼上一层青蓝色,那样的蓝只有黎明才有。鸟鸣渐渐被自行车的铃声淹没了。

跑完步，我们便向那个有红绿灯的路口走去。街角有一家小小的西餐厅，我们去那里吃早餐。

"阿婆来啦！"服务员一拉开门，悬在门上的铃儿就发出欢快的声响。

我们跟着服务员走向常坐的位子。我已经想不起来，最初是怎么发现这家店的，大概是闻到弥漫的香味，因而央求外婆带我进去的吧。

我和外婆对坐在小方桌的两头。虽然来过不少次了，餐厅里的一切仍让人觉得新鲜。桌布总是雪白的，用手指摩挲，可以感觉到上面精细的纹路。唱片机放送着乐曲，一个个音符像是一粒粒玻璃珠落在了大理石地板上。

"阿婆好新潮哦，还带孙女来吃西餐呀！"上餐具的时候，服务员会这么说。

"老啦，还新潮哇。"嘴上这么说着，外婆脸上的每根皱纹却都盛着笑。

很快，牛奶端上来了，面包也端上来了，煎蛋是诱人的金黄色。我们拿起刀叉，它们沉甸甸的，手柄上刻着花纹。刀叉不时相碰，或者磕在瓷盘上，发出清脆的声响。我一边吃，一边望着外婆傻笑。

不知哪一天，街角这家西餐店消失了，悄无声息的。再过一些年，外婆也离开了。可那清凌凌的声音一直在我脑海中回响。

这样的声音，只有我能听见。

藏在一丛灌木后面

小米在前头,边走边拾落叶。见他走远了,我侧身藏在了一丛灌木后面,枝叶把我遮蔽起来。

"小米。"我喊他。

他回过头,看到身后没有人,立刻慌了神,小跑着赶过来,一面"妈妈,妈妈"地喊着,一面来回寻找,双手还紧攥着枯枝和落叶。

渐渐,他的喊声越来越急切,渐渐带上了哭腔。

小小的身影在草地上不安地转动,显得无助而孤单。

"我在这儿!"我从灌丛后猛然直起身。

他看过来,哭丧的脸上出现又惊又喜的表情,欢快地朝我跑来。

我，其实仍是个小孩，在珍贵的事物从身边消失的时候也会惊慌失措。可是，从来没有什么从灌木后探出身来，微笑地等待着我。

在山顶

每次我们爬到山顶，都会睁大眼睛去寻找家的方位。

要找到家，得先找到河。它穿城而过，要是晴天，会在太阳下粼粼闪动，像根银色的丝带。

视线顺着河道向前，越过堤坝，越过一座又一座拱桥，就能抵达我们常去的公园。家就在公园对面的岔路上。但是这路只延伸了一小段，就消失在楼群深处了。

家是看不到的，却似乎可以听到。那里传来各种声音：小卖铺的谈话声、父亲浇花的流水声、人们走过院子的脚步声、孩子的笑声……它们和城市其他角落的杂音交织在一起，汇成一种持续不断的嗡鸣，如同无形的蜂群正盘旋在城市上空。

你总觉得，在这片混沌中，会有一声呼唤突然响起，它越过重重屋顶，扶摇而上，如一个陡然攀升的音符——

那是外婆的声音。瘦小的她，不知站在门前什么地方，叫着你的名字。

童年的你，一听到这个声音，便会离开还在玩耍的伙伴，沿着锡箔般闪亮的街道回家。你一路蹦蹦跳跳的，连同你那被夕阳拉长的影子，一齐摇摆着两根粗大的发辫。

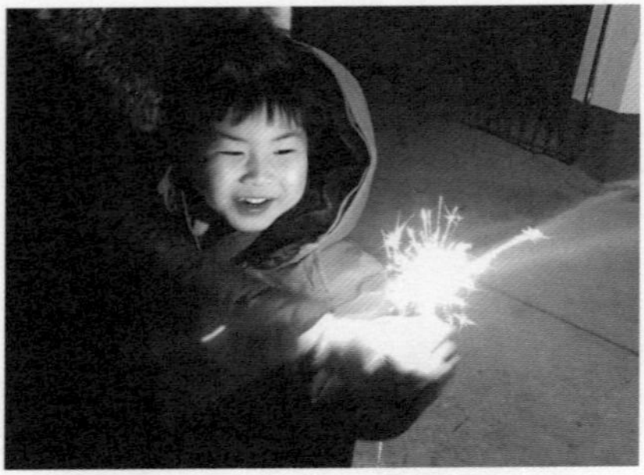

尾声

　　小米，火车一路向北，我的心却在车厢里狂乱地奔走，它要冲破窗户，重新回到南方去。

　　南方的天空下还悬挂着你的草帽，就是几天前，我们去看马鞭草的时候你戴的那一顶。那天，你想在花田里捉蝴蝶，结果蝴蝶飞走了，你只兜了一网石子回来，它们个个被太阳晒得滚烫发亮。

　　那顶草帽晾在阳台，在连续的阴天里，它的空隙胀满了水汽，直到一阵猛烈的阳光将其晒干。

　　就让它待在那里吧，就当它是我们的另一只耳朵。

　　它有比我们更饱满的耳廓，它能听到院子上空那群燕子的呢喃——每个黄昏，它们都盘旋在我们头顶，仿佛逝去的灵魂在俯望我们一般。

它也会听到那个疯子的脚步，他整天游荡在闹市，惊吓过路的人，可每回走过那条老街时，他又显得十分安静。

沿斜坡攀缘而上的风会吹动那顶帽子，让它和门前的梧桐树叶一起颤抖。

那风仿佛是从过去吹袭而来的，它拂过沿街每一个雨篷，搅动着人们的记忆。就是在那样徐徐吹过的风中，舅妈回忆起三十多年的一天，她和舅舅初次相遇，那天，她穿了一件粉色衬衫，胸前系着同色的飘带。

小米，那风曾穿过整条街，游荡至坡顶操场，在那里追逐你和孩子们奔跑的身影。它总是追不到你们，因为你们忽而在这里，忽而在那里，忽而哭，忽而笑。你们堆积枯叶，让想象之火燃烧它们，又骑上脚踏车，双脚腾空，冲下陡坡。

现在，那里已不再有你的身影。可就是在那个操场，那一小片云层流逝的天空下，世界第一次向我，也向你展示了它自己。

那里，有我们的第一次呼吸、第一声哭泣。第一粒火星从炭盆迸溅到我们胳膊上；第一滴雨在门前落下，如清凉的谷粒；第一次我们放声歌唱，和大笑；第一次我们低头，看见自己光脚站在大地上，趾头上沾满了污泥。

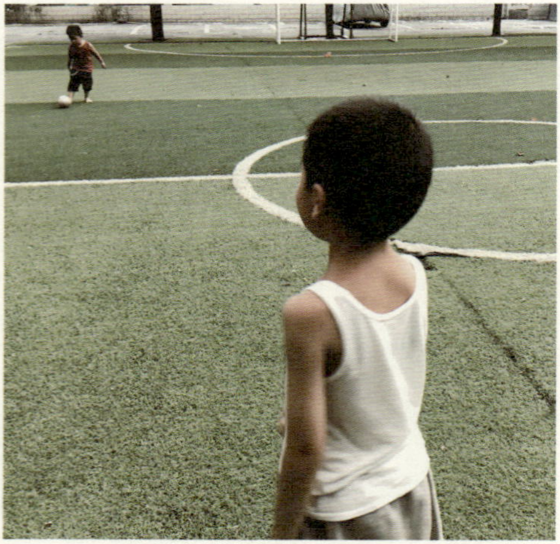

◎本书摄影作品均已取得肖像权人的同意
◎特此感谢小朋友们：

高澈　陈诺　罗依依　陆瑶　丛瀚

胥懿珊　刘岭瑶　冷述　张紫萱　向泰予

图书在版编目（CIP）数据

那一年 / 西夏著 . —昆明：晨光出版社，2022.12
ISBN 978-7-5715-1152-4

Ⅰ.①那… Ⅱ.①西… Ⅲ.①散文集–中国–当代
Ⅳ.①I267

中国版本图书馆 CIP 数据核字（2021）第 106532 号

NA YI NIAN
那一年

西夏 著

出 版 人	杨旭恒
总 策 划	杨旭恒
责任编辑	李 政 常颖雯

出　　版	云南出版集团 晨光出版社
地　　址	昆明市环城西路 609 号新闻出版大楼
邮　　编	650034
发行电话	（010）88356856 88356858
印　　刷	北京顶佳世纪印刷有限公司
经　　销	各地新华书店
版　　次	2022 年 12 月第 1 版
印　　次	2022 年 12 月第 1 次印刷
开　　本	145mm×185mm 32 开
印　　张	7
字　　数	100 千字
ISBN	978-7-5715-1152-4
定　　价	48.00 元

退换声明：若有印刷质量问题，请及时和销售部门（010-88356856）联系退换。